LE PIÈGE DE SABLE

SÉRIE L'AVENTURIER DES ÉTOILES

N° 1 — LES VENTS DE GATH
N° 2 — LA PLANÈTE DE LA MORT
N° 3 — L'HOMME-JOUET
N° 4 — LA SORCIÈRE DE L'ESPACE
N° 5 — LE BOUFFON DE BALAFRE
N° 6 — MAUSOLÉE GALACTIQUE
N° 7 — COMPLOT SUR TECHNOS
N° 8 — LE VAISSEAU DU PASSÉ
N° 9 — LES PRISONNIERS DU MIRAGE
N° 10 — LA CITÉ DES ASSASSINS
N° 11 — LA MAISON DU SERPENT
N° 12 — LA PROIE DU CYCLAN
N° 13 — L'ŒIL DU ZODIAQUE
N° 14 — LES COLONNES DE BALHADORHA
N° 15 — LE SPECTRE DU SOLEIL OUBLIÉ
N° 16 — LE HAVRE DES TÉNÈBRES
N° 17 — LA PRISON DE LA NUIT
N° 18 — LA RÉBELLION DES OHRMS
N° 19 — LES NAUFRAGÉS DE LA DÉCHIRURE

E. C. TUBB

L'AVENTURIER DES ETOILES

LE PIÈGE DE SABLE

Traduit de l'anglais par
Richard D. NOLANE

PRESSES DE LA CITÉ
PARIS

Titre original : WEB OF SAND

ISBN 2-258-03075-7
ISSN 0985-438X

CHAPITRE PREMIER

Dans le salon de l'*Urusha,* Marta Caine sortit le joyau de sa boîte pour le tenir dans la coupe formée par ses mains.

— Il vient de Necho, dit-elle, les yeux fixés sur la pierre cristalline. Je l'ai acheté quand j'étais jeune et il ne m'a plus quittée depuis. C'est-à-dire depuis longtemps.

— Il a l'air terne, dit Kemmer. Mort.

— Il est fatigué.

— Pourquoi ne pas nous l'avoir montré plus tôt ?

Debout derrière Chai Teoh, Grish Mettalus se pencha en avant. Comme la fille, il était grand et mince et ses yeux étaient légèrement bridés sous de fins sourcils. Mais, contrairement au visage délicat de Marta Caine, le sien était large et plat.

— Ce n'est pas gentil de votre part, Marta, reprit-il. Ce joyau nous aurait aidés à lutter contre l'ennui.

— Je viens de vous dire qu'il était fatigué. Cela fait trop longtemps qu'il est dans le noir.

Dès qu'on arrivera sur Fendris, je le mettrai dans un endroit éclairé pour qu'il se gave de la lumière du soleil et des étoiles et qu'il soit caressé par le vent et lavé par la pluie. Il retrouvera alors sa vitalité. Si seulement c'était aussi facile pour nous d'y parvenir… ajouta-t-elle avec une tristesse soudaine.

— Vous êtes belle, dit alors Kemmer avec une galanterie un peu lourde. Et aucune pierre ne possède votre chaleur.

— C'est gentil de votre part, Maurice… Mais mon miroir, lui, me raconte une histoire différente !

— Les miroirs peuvent mentir. La beauté d'une femme est autre chose qu'une simple affaire de peau. C'est toute sa personnalité qui compte. N'ai-je pas raison, Earl ?

Dumarest acquiesça en silence tout en regardant le joyau. Il avait déjà cessé de ressembler à un vulgaire morceau de verre pour s'éclairer de l'intérieur, comme s'il avait déjà accaparé la chaleur des mains. La lueur s'amplifia avant de lancer dans le salon un véritable kaléidoscope de couleurs qui transforma le mobilier et les voyageurs comme par magie. Kemmer cessa d'être un marchand bouffi pour se transformer en un personnage empreint de dignité et le visage terne de Carl Santis, le mercenaire, prit une expression chevaleresque dont l'homme n'avait sûrement jamais soupçonné l'existence. Quant à Dumarest, tout son corps semblait nimbé d'un spectre lumineux brisé. Mais de tous, c'était Marta qui était la plus transfigurée.

Elle ressemblait à la grande prêtresse d'un culte ésotérique. Elle avait levé ses mains et le rayonnement du joyau baignait son visage tourné vers le ciel qui semblait nettoyé de toutes les marques que le temps y avait laissées. La lumière lui avait redonné sa beauté d'antan et, grâce au contact des mains qui le tenait, cette beauté, à son tour, irradiait le bijou : la nouvelle tension nerveuse qui habitait le corps de Marta stimulait le symbiote.

— Grish ! Bon sang, qu'est-ce que... ? hoqueta Chai Teoh lorsque le joyau se mit à chanter.

— Silence ! ordonna Santis à la jeune fille. Tenez-vous tranquille !

Sa voix était celle de quelqu'un qui avait l'habitude d'être obéi mais le chant du joyau suffisait à lui seul largement pour retenir l'attention. Suite de notes d'une pureté cristalline, il s'éleva petit à petit pour pénétrer la peau et les os de ceux qui étaient là, pour s'infiltrer, par le canal des nerfs et du cerveau, jusqu'au cœur même de leurs émotions. C'était un chant dépourvu de mots et sans ligne mélodique apparente mais qui transportait dans ses notes à la fois tout l'amour, tout l'espoir, toutes les promesses et tout le bonheur que l'on puisse imaginer au monde.

— Mon Dieu ! (Le murmure de Kemmer ressembla à une prière pendant que des larmes coulaient sur ses joues rondes.) Mon Dieu... Oh, mon Dieu !

Un homme perdu dans le passé ou rêvant de

ce qu'il avait connu. A moins qu'il ne fût terrassé par une vague de tendresse si puissante qu'elle en devenait effrayante. Il n'était pas le seul à pleurer. Le visage de Chai Teoh ruisselait des perles qui coulaient le long de sa mâchoire alors qu'elle était en proie à un plaisir radieux. Quant à Santis, ses yeux étaient devenus deux puits sombres s'ouvrant sur son âme.

— C'est incroyable ! s'écria Mettalus. Je n'ai jamais...

— La ferme ! jeta le mercenaire.

Ses sourcils se froncèrent de plus en plus au fur et à mesure que le chant s'éteignait avant de laisser place à un silence si intense qu'il en devint presque tangible. Les couleurs chatoyantes diminuèrent elles aussi, se transformant en un nuage luminescent, puis en sphère lumineuse, puis en simple coloration à la surface du joyau. Enfin elles s'estompèrent totalement.

Marta resta immobile encore un long moment puis elle baissa les bras et contempla, les yeux fixes, comme hébétés, la surface redevenue terne du joyau. La magie des couleurs disparue, elle n'était plus, à nouveau, qu'une femme trop âgée pour réchauffer le cœur d'un homme, une femme qui portait les stigmates de la dure existence qu'elle avait menée sur son visage un peu mou, on pouvait voir les traces laissées par une chirurgie esthétique à bas prix. Les subtiles distorsions provoquées par des implants disparates lui donnaient un air de clown pathétique. Et lorsqu'elle finit par relever la tête, son regard trahissait toute sa détresse intérieure. Un instant plus tard, son masque de cynisme réapparut soudain. Sa seule défense contre l'infortune et son seul bouclier contre la dérision.

— Alors ? Ça vous a plu ?

— C'était superbe ! (Chai Teoh se tamponna les yeux.) C'était si merveilleux ! J'avais l'impression de... oh, comment pourrais-je expliquer ça ?

Grish Mettalus, lui, fut plus direct.

— Combien ?

— Combien pour quoi ?

— Pour le joyau, bien sûr ! Je le veux. Combien ?

— Il n'est pas à vendre.

— Et si cela avait été le cas, c'est moi qui l'aurait acheté, intervint Kemmer. Marta, je tiens à vous remercier de notre part à tous de nous avoir fait partager le plaisir procuré par votre joyau. Vous avez dit qu'il venait de Necho, c'est bien ça ?

— Oui.

— Necho. (Kemmer fit la moue.) C'est bien loin d'ici... Mais peut-être pas si loin que ça, s'il y a un gros bénéfice à la clé. C'est votre monde natal ?

— Non. (Avec des gestes précautionneux, presque tendres, Marta rangea le joyau dans son coffret.) Je suis née sur Lurus. Ma famille possédait une ferme mais un changement de climat a transformé la région en désert. C'est une instabilité solaire qui... (Elle haussa les épaules.) C'est sans importance. J'étais jeune et j'ai essayé d'aider les miens du mieux que je pouvais. Je suis partie et... mais c'est une vieille histoire.

Qui était inscrite sur son visage.

— Vous n'êtes jamais revenue ? demanda le mercenaire.

— N'est-ce pas ce qui arrive habituellement ? (Le couvercle du coffret claqua.) Vous, vous êtes retourné sur votre monde ?

— Non.

— Ni moi, dit Kemmer. Et vous, Earl ? (Il eut un sourire en voyant Dumarest secouer la tête.) Le nid perd son pouvoir attractif une fois qu'on l'a quitté. Il arrive qu'on rêve d'une enfance bien plus agréable qu'elle ne l'a été en réalité. Mais, en fin de compte, qui sauterait sur une chance de retrouver sa planète natale ? (Il haussa les épaules sans attendre de réponse.) Bon, comment va-t-on maintenant passer le temps ? On fait une partie de cartes ?

*
**

L'*Urusha* était un petit vaisseau marchand indépendant circulant à la lisière de la Déchirure et ses passagers ne pouvaient compter que sur eux-mêmes pour se distraire. La proximité des planètes entre elles ajoutée à l'accélérateur temporel ralentissant le métabolisme facilitaient grandement les choses. Ce qui n'empêchait pas l'ennui d'être toujours l'ennemi numéro un des voyageurs. Grish Mettalus avait résolu le problème en accaparant Chai Teoh qu'il considérait comme sa propriété, ce que la fille, pour des raisons personnelles, semblait pleinement accepter.

— Elle est folle, grommela Marta en voyant le couple quitter le salon. Elle se vend pour pas grand-chose.

— Comment en êtes-vous si sûre ? dit Kemmer. (Il distribua les cartes et en retourna une.) Un joker. Faites vos jeux ! Oui, comment le savez-vous ?

— J'ai des oreilles. Il lui a payé son passage et lui a promis un appartement sur Fendris. Rien que des promesses ! ajouta-t-elle sans masquer son mépris.

— Elle a au moins gagné son passage, fit remarquer le marchand.

— Mais elle pourrait gagner davantage. (Santis regarda sa carte avec un air maussade.) De l'argent, par exemple. Ou peut-être même un mariage. Malgré l'air d'indifférence sophistiquée que cultive Mettalus, c'est un type jeune et impressionnable. Sans compter que la fille a pas mal de charme...

— Mais rien dans le crâne, répondit Marta, les lèvres serrées. Et vous vous trompez au sujet de Metallus. Il est plus vieux qu'il en a l'air. Pas vrai, Earl ?

— Je n'en sais rien.

— Ne me racontez pas d'histoires. Vous le savez très bien et vous, Carl, vous le sauriez si vous aviez pris la peine de l'observer de près. La façon dont il se tient, dont il bouge, dont il marche, ses manières d'agir. Jeune ? Il est assez vieux pour être son père !

— Ce qui en fait un meilleur lot, sourit Kemmer en distribuant les cartes pour un nouveau tour. Il n'y a pas plus fou qu'un vieil excité, et j'en parle par expérience. Et puis l'âge apporte l'expérience et un certain degré de tolérance qui, associés à la jeunesse, peuvent avoir des effets positifs. Certaines cultures s'en sont rendu compte. Sur Richemann, par exemple, aucune fille ne peut épouser un homme de moins de vingt ans son aîné. Il y a des moments où je pense à aller m'établir là-bas.

— Et pourquoi ne le faites-vous pas ?

— Le voyage est trop long et je préfère les fruits mûrs.

— Espèce de porc dégénéré ! jeta Marta avec un sourire.

Dumarest savait que le marchand et elle s'étaient déjà réconfortés dans les bras l'un de l'autre.

— Certains d'entre vous ont-ils déjà fait ce voyage ? demanda-t-il subitement.

Ils secouèrent tous la tête à l'exception du mercenaire.

— Une fois... mais c'était il y a longtemps. Et ça m'avait semblé plus court qu'aujourd'hui...

— Plus court ? Vous croyez que quelque chose tourne de travers ? (Marta Caine semblait réellement effrayée ; ils se trouvaient dans la

Déchirure et, dans cette zone, le danger était toujours proche.) Carl, vous en êtes sûr ?

— Comment le pourrais-je ? se rebiffa le mercenaire. C'était il y a des années. Mais je peux toujours aller poser la question au steward pour vous rassurer.

— Non, fit Dumarest. On va aller voir directement le capitaine.

Frome ressemblait à son vaisseau : petit, dur, la bouche ressemblant à un piège.

— Vous n'avez pas à être là. Retournez au salon.

— Volontiers, Capitaine, répondit tranquillement Dumarest, dès que vous nous aurez rassurés. On trouve le voyage un peu long et on voudrait savoir si le vaisseau n'a pas de problème.

— Aucun.

— Je suis heureux de l'apprendre. Les dames se faisaient du souci. Pourtant le steward nous a dit que nous allions faire un détour et que...

— Il n'avait rien à vous dire du tout ! jeta le capitaine en tombant dans le piège sans s'en rendre compte. Ce crétin n'avait pas à avertir les passagers !

— Il est normal que nous soyons au courant de ce qui se passe, intervint Dumarest. Où allons-nous ?

— Sur Harge.

— Harge ? (Carl Santis s'avança, le visage

mauvais.) J'ai pris un billet pour Fendris et il faut que j'y sois sans délai !

— Vous descendrez tous sur Harge.

Dumarest posa la main sur le bras du mercenaire. Un laser était passé à la ceinture de Frome, ce qui prouvait qu'il s'attendait à avoir des problèmes. Le navigateur lui aussi était armé. Il dégaina et mit en joue le groupe de passagers.

— J'exige une explication ! jeta Kemmer.

— Une explication ? (Frome dévoila ses dents aiguisées.) Une explication, vraiment ?

— J'ai payé pour un passage en Haut pour Fendris et j'exige donc d'aller là-bas, répliqua avec courage le marchand.

— Vous avez payé pour un passage jusqu'à ma prochaine escale, un point c'est tout.

— Vous...

— Qui aurait dû être Fendris, intervint Dumarest pour calmer Kemmer. (Le capitaine allait s'énerver et ils n'obtiendraient plus d'informations de sa part, sans compter que c'était bien le genre à se servir de son laser.) Mais tout peut arriver dans l'espace, poursuivit Dumarest sur un ton égal. Surtout dans la Déchirure. C'est ça, Capitaine ? Vous avez dû éviter un danger, n'est-ce pas ?

— Une déformation du continuum, répondit Frome au bout d'un instant. On en a touché une et elle a provoqué une surtension dans le générateur. Poursuivre vers Fendris aurait été trop risqué. C'est pour ça que j'ai dévié vers

Harge. Sans cette fichue tempête, on se serait déjà posés !

*
**

La fille était maladroite et elle renversa un peu de tisane dans la soucoupe. Ellain Kiran la regarda essuyer le liquide avec l'ourlet de sa robe et se dit qu'elle ne valait pas mieux qu'une souillon de taverne.

— Ce sera tout, madame ?

— Oui. (Même la voix épaisse de la fille l'irritait.) Et puis non ! Remporte cette tasse et change de robe !

Et, ajouta-t-elle pour elle-même, pour l'amour du ciel, apprends à agir en être civilisé et non en stupide paysanne...

Dès que la fille eut quitté les lieux, Ellain Kiran jeta un coup d'œil par la fenêtre et eut l'impression que la tempête la fixait.

C'était une illusion, bien sûr, car la poussière n'avait pas d'yeux. Et pourtant, à chaque fois qu'elle observait les tourbillons brunâtres, elle avait l'impression d'y voir les yeux des morts ou de ceux qui allaient mourir. Et ceux des forces hostiles et inhumaines qui créaient les tempêtes nées pour tout détruire. Ce qui ne les empêchaient pas d'être d'une sombre et violente beauté.

Les pieds nus, Ellain Kiran s'approcha de la paroi de plastique transparente et fixa les éléments en furie, les vents déments qui transportaient des nuages gigantesques de particules minérales arrachées à la surface de Harge. Des nuages qui décapaient littéralement la planète.

Sans protection, aucun être vivant ne pouvait survivre à une telle explosion destructrice. Cette pensée fit naître une tension dans les reins d'Ellain Kiran. Elle fut parcourue par un frisson et inspira profondément. La vitre était protégée de la poussière abrasive par un champ de force électronique. C'était une installation particulièrement coûteuse mais Yunus pouvait se le permettre. Tout comme il pouvait s'offrir bien d'autres choses.

Elle baissa les yeux et regarda sa main aux doigts tendus et à la peau rendue pâle par la lumière tamisée. Yunus Ambalo était membre des Cinq. Les cinq familles qui se partageaient Harge ; les Ambalo, les Yagnik, les Khalil, les Barrocca et les Tinyeh y possédaient l'eau, la nourriture, les logements et les moyens de transport. Sur Harge, soit on vivait toléré par elles, soit on mourait.

Sa main s'était refermée et ses doigts s'étaient plantés dans sa paume. Elle avait l'impression de sentir une autre main se refermer autour de son corps, une main qui la retiendrait prisonnière des Cinq. Pendant combien de temps encore pourrait-elle sauvegarder une parcelle de son intégrité personnelle ? Combien de temps encore avant qu'elle ne se métamorphose en un être aussi grossier que la fille qui la servait ?

Dehors, la poussière vira au noir. Les lumières se firent plus fortes dans la pièce et la fenêtre se transforma en un miroir emprisonnant son reflet. Une image qui semblait sortie tout droit d'une tapisserie avec son visage ovale à la bouche sensuelle et ses yeux verts. Ses cheveux ressemblaient à une cascade de flammes et des reflets rubis jetaient des lueurs chatoyantes sur ses joues, son menton et la tige gracile de son cou. Sa taille de guêpe soulignait la plénitude de sa poitrine et de ses hanches sous le tissu arachnéen de sa chemise de nuit.

— Magnifique ! Ellain, ma chérie, tu es magnifique !

Une autre image venait de rejoindre la sienne dans le miroir. Un visage de pierre aux narines épatées, au menton fendu, au nez aquilin et fier, surmonté par un crâne pointu recouvert par des cheveux noirs et crépus. L'homme était plus grand qu'elle. Il s'approcha par-derrière et lui emprisonna les seins dans ses mains.

— Non, Yunus, fit la jeune fille en se retournant.

— Pourquoi ? (Le sourire de Yunus se transforma en grimace.) Un homme n'a-t-il pas le droit d'apprécier la beauté ?

— Seulement à distance.

— Quoi ? (Une colère contenue enflamma ses yeux de chat.) Peut-on si vite oublier le passé ?

— Le passé n'est que... le passé. (Elle s'éloigna de la fenêtre.) Tu t'es montré trop présomptueux.

— Présomptueux ? (Il embrasa d'un geste la pièce remplie de meubles luxueux et d'objets de valeur et parfumée par un vase de fleurs cristallines aux pétales odoriférants.) Dois-je te rappeler à qui tout ceci appartient ?

— C'est vrai, cette chambre est à toi. Comme tout le reste de ce fichu appartement et ce qu'il contient. Mais ne commets jamais l'erreur de croire que tu me possèdes, moi !

Une affirmation discutable mais il préféra laisser tomber. On en reparlerait plus tard, lorsqu'elle aurait perdu un peu de son pouvoir d'attraction et qu'il se serait vraiment fatigué de ses velléités obstinées d'indépendance. Aujourd'hui, il avait envie d'être agréable, de jouer la carte de la séduction. Il traversa la pièce avec une feinte indifférence et alla se servir un verre de vin.

— La tempête, dit-il avec douceur. Tu es toujours comme ça dès qu'il y a une tempête. Et la colère te rend encore plus belle. Et ça m'excite encore plus.

— Tu me flattes, Yunus.

— La vérité n'est pas une flatterie. (Il lui tendit un des verres gravés en souriant.) Buvons à la trêve des hostilités entre nous. Et à ta beauté, ma chérie ! Qu'elle vive à jamais !

Un toast auquel Ellain pouvait se joindre. Que Dieu fasse qu'elle ne devienne jamais laide. Cette pensée la poussa à avaler son vin et elle sentit la chaleur de l'alcool s'épanouir dans son estomac. Le sourire de Yunus s'agrandit quand elle lui tendit son verre vide.

— Encore un peu de vin ?

— Non. (Ses longs doigts caressèrent la peau

soyeuse de sa gorge.) Si je veux chanter, il faut que je fasse attention. Car je présume que tu veux m'entendre chanter ?

— Bien sûr. Mais...

— Ne sois pas assommant, Yunus. Ta générosité t'a acquis ma voix mais pas mon corps. (Elle vit alors la tension qui marqua soudainement le visage de l'homme.) Pardonne-moi, ajouta-t-elle précipitamment. C'est le vin, la tempête qui... S'il te plaît, tu me pardonnes ? Un instant, elle se dit que cette fois elle était allée trop loin et maudit sa propre stupidité. Avoir traité un tel homme d'assommant ! Une insulte qui pourrait le pousser à se venger. En l'attachant nue sur le sable un jour de tempête, par exemple, pour laisser la poussière l'écorcher vive, pour transformer cette beauté qu'il disait admirer en un horrible cauchemar sanglant.

Pourquoi s'était-elle donc conduite comme une imbécile ?

— Tu me pardonnes, Yunus ? (Il ne répondit rien.) Où veux-tu que je chante ? Ici ? En public ? En privé ?

— Pas en public. (Il reposa lentement son verre et quand il la fixa, elle nota la cruauté de sa bouche et la colère implacable qui luisait dans ses yeux.) J'ai prévu que tu distraies quelques invités triés sur le volet et qui sont capables d'apprécier ton talent. Maintenant, je me demande si c'était vraiment une bonne idée...

— C'est à cause de ce que j'ai dit ? (Elle

devina la réponse mais pensa que ramper devant lui serait une erreur.) Je n'ai pas dit que tu étais assommant, Yunus, mais je t'ai demandé de ne pas le devenir. Ce n'est pas digne d'un homme aussi distingué que toi. (Elle eut un éclat de rire tintinnabulant.) Viens, mon chéri, buvons un autre verre...

— Et risquer ainsi d'entacher la pureté de ta voix ?

— Pour toi, oui. S'il te plaît.

Elle se détendit en le voyant verser le vin. Elle savait qu'il ne fallait pas pousser Yunus trop loin mais, depuis toujours, elle aimait jouer avec le feu.

Tout en sirotant son verre, elle se tourna vers la fenêtre. La poussière était moins dense et le vent s'était presque calmé. Les équipes de déblaiement devaient déjà être au travail pour dégager les bouches d'aération et les ouvertures. Leurs lasers découperaient de nouveaux passages dans les dunes. Qui, invariablement, seraient détruits par la tempête suivante.

— Tu chanteras, dit Yunus en la rejoignant. Trois chansons dont je te laisse le choix. (C'était un ordre mais sa voix s'adoucit lorsqu'il la vit acquiescer.) Après, nous irons nous distraire ailleurs. Au fait, Sabinnus a une nouvelle danseuse.

— Une rivale ?

— Non, ma chérie. Tu es incomparable. Elle manque de grâce. D'après ce que j'ai compris, Sabinnus l'a trouvée dans le Terrier. Ça la rend plus exotique, d'autant plus qu'elle danse entre des lames de couteau.

Et ceux qui la regarderaient seraient plus excités par la perspective de la voir s'entailler les pieds que par autre chose. Ellain leva son verre et termina son vin. L'alcool gommerait légèrement la précision de sa voix mais seul un expert pourrait s'en apercevoir. Les invités de Yunus seraient de toute façon bien plus intéressés par son corps que par sa voix. Au fait, comment allait-elle s'habiller ?

— Ellain ?

— J'étais en train de réfléchir à ce que j'allais mettre pour ta petite fête. Car c'est une petite fête, non ?

— Plutôt une rencontre informelle pour discuter de certains sujets. Tu nous procureras un moment de détente.

Alors, elle prendrait la robe noire, celle qui mettait sa poitrine en valeur et qui était largement fendue sur le côté. Les bons vieux trucs. Le vénérable Teen Veroka, son ancien professeur de musique et de chant aurait eu une attaque en voyant ce genre d'exhibition vulgaire. Mais il était sur un autre monde, peut-être même déjà mort, et elle avait appris depuis longtemps l'efficacité d'un tel exhibitionnisme. Mais pour se préparer, elle avait besoin d'une femme de chambre.

— Mais tu en as déjà une, fit Yunus lorsqu'elle le lui fit remarquer.

— Une gourde maladroite, tu veux dire. Qu'est-ce qu'elle peut bien connaître à la coiffure et à l'habillement, franchement ? Au fait, qu'est-ce qui est arrivé à Julie ? (Elle vit l'air déconcerté que prit le visage de l'homme dans le miroir de la fenêtre.) Ça ne fait rien. Pourras-tu me trouver quelqu'un à la hauteur ?

— J'y veillerai.

— Et que fera-t-on après ? Tu m'as parlé de distractions...

Yunus sourit. Il connaissait ses goûts. Sa voix se fit féline lorsqu'il se pencha vers l'oreille de la jeune femme.

— Tout ce que tu voudras, chérie. Des lutteurs à moitié nus. Ou alors, tu préférerais peut-être des boxeurs avec des gants métalliques ? Ou des femmes se battant contre une vingtaine de rongeurs affamés ? (Il se tut un instant.) Du sang et de la douleur, murmura-t-il. L'arène ?

— Oui, hoqueta-t-elle. Oh, oui !

Les mains de Yunus vinrent lui emprisonner les seins et, cette fois, elle ne fit rien pour éviter l'étreinte.

CHAPITRE II

La salle était dépourvue de fenêtres dans cette pièce où tous les objets étaient fabriqués à partir de sable vitrifié, y compris le mobilier et la vaisselle. Car le sable vitrifié était le matériau le moins cher sur Harge. Dumarest scruta la taverne et trouva qu'elle ressemblait, malgré tout, à celles qu'il avait connues, avec ses rangées de tables, son bar et sa petite scène et ses serveuses pressées d'empocher leur pourboire et prêtes à se vendre pour trois sous. Même chose pour la clientèle. Et pourtant l'établissement dégageait une odeur subtile et inquiétante qui le différenciait des autres.

— La peur, dit Carl Santis. Ça pue la peur ici.

Il s'assit sur un banc à côté de Kemmer. Il avait un visage d'oiseau de proie couturé de cicatrices et ses vêtements usés portaient des marques de frottement laissées par une armure. Les stigmates du métier de mercenaire.

— La peur, répéta-t-il. On dirait une chambrée de bleus attendant leur premier assaut...

Attendant de se battre, de jouer leur peau. Mais les clients de la taverne n'attendaient plus rien. Leur lutte pour la survie n'avait pas de fin et la mort pouvait leur apparaître comme une bénédiction.

— Harge... fit Kemmer. Enfer aurait été un nom plus approprié. Ce salaud de Frome !

— Portait-il une arme, Earl, quand vous lui avez acheté votre passage ? demanda Santis.

Si cela avait été le cas, Dumarest aurait pris un autre vaisseau.

— Non. Quelqu'un lui a-t-il demandé s'il comptait repartir d'ici avec nous une fois son générateur réparé ?

— Marta l'a fait, dit Kemmer en sirotant son vin. Il lui a répondu que ça ne la regardait pas.

— Bizarre... dit Santis avec un froncement de sourcils. Accepter du fric d'une vieille femme n'a rien de dangereux. Pourquoi laisser passer une telle occasion de se faire un bénéfice supplémentaire ?

— Il s'est débarrassé de nous, fit le marchand. Et on l'a payé pour ça. Cette histoire de réparations, c'était du baratin. Mais pourquoi ça ? Qu'est-ce que les gens d'ici peuvent espérer y gagner ?

L'argent qu'ils avaient sur eux et le travail qu'ils pourraient fournir. C'était la raison habituelle qui poussait les communautés isolées à payer des pots-de-vin à certains capitaines. Une fois qu'ils n'auraient plus un sou, ils seraient bien obligés de travailler sous contrat pour payer leurs dettes en acceptant des salaires misérables et une vie d'esclaves.

— Ça ne tient pas debout, objecta le marchand qui ne cessait de ruminer sur le sujet. Mettalus a déjà loué un appartement pour lui et la fille et il pourra attendre sans problème le prochain vaisseau. Quant à Marta, elle s'est trouvé une chambre. Qu'elle a refusé de partager avec moi.

— Une erreur de sa part, répondit Santis. Si elle compte se lancer dans les affaires à son âge, elle va tomber de haut.

— C'est ce que je lui ai dit, approuva Kemmer, et elle l'a plutôt mal pris. Reste nous autres. J'ai les muscles trop mous pour travailler comme un nègre et Santis est trop vieux pour manier une pioche. Et que feraient-ils d'un mercenaire ? On en arrive à vous, maintenant, Earl. (Il gloussa à la pensée de ce qu'il allait dire.) Qui sait, on nous a peut-être tous débarqués à cause de vous ? On pourrait imaginer que quelqu'un veut vous garder au frais avant de vous mettre la main dessus... Si c'est le cas, il a bien choisi l'endroit !

Une hypothèse plus qu'intéressante si tant est que c'en soit bien une. Dumarest étudia le visage du marchand. Était-il un agent du Cyclan ? Il en doutait. L'homme avait trop de caractère pour être en train de jouer un rôle. Même chose pour les autres, surtout Grish Mettalus qui se trouvait, lui, depuis longtemps à bord du vaisseau lorsque Dumarest avait acheté son passage. Bien sûr, Dumarest n'avait aucune preuve mais le Cyclan, quel que fût son pouvoir, était obligé de tenir compte du temps et de la distance. Et tout le monde ne travaillait pas pour lui. Cela dit, Dumarest n'avait aucun doute sur la raison de leur débarquement forcé.

Kemmer avait raison... Quelqu'un voulait qu'il soit bloqué ici. Et Harge constituait une excellente prison.

Dumarest se leva et se dirigea vers le bar pour y commander une autre carafe de vin. Frome avait-il été contacté directement, malgré les difficultés à faire marcher une radio dans l'enfer électronique de la Déchirure ? Avait-il été payé pour débarquer ici tous les passagers qu'il pourrait transporter ? Et était-il le seul capitaine dans ce cas ?

— Voilà, fit le barman. Ça fait seize krens. (Il ramassa les pièces.) Vous venez d'arriver ?

— Oui.

— Alors, bienvenue sur Harge. Vous êtes là pour affaires ?

— Disons plutôt que je n'ai pas pu éviter le détour. Y a-t-il eu d'autres vaisseaux, récemment ?

— Un seul depuis la tempête. Ça doit être le vôtre. Deux, juste avant, il y a un peu plus de quinze jours. Et aucun durant les trois semaines précédentes. On a eu une tempête de dix jours.

— Les tempêtes sont fréquentes ?

— C'est la saison. (Il scruta les yeux de Dumarest.) J'ai l'impression que les vaisseaux vous intéressent, hein ? Le vôtre est reparti dès que sa cargaison a été déchargée.

— Nous avons dû attendre avant de nous poser. C'est normal ?

— En cas de tempête, oui. Il arrive que les vaisseaux préfèrent ne pas se poser du tout et repartir, sauf en cas de livraison spéciale ou de vol charter. Vous avez voyagé beaucoup ?

— Non.

— C'est bien ce que je pensais, dit le barman en acceptant le mensonge. Vous avez de l'argent ?

— Un peu.

— Alors, faites attention. Un conseil gratuit de ma part.

— Merci, je saurai veiller dessus.

— Oui, fit l'homme. J'ai l'impression que c'est le cas.

Dumarest retourna à sa table après avoir rapidement discuté au passage avec quelques clients et une des serveuses.

— Vous avez appris quelque chose ? lui demanda Santis.

— Rien d'utile.

— Qu'y a-t-il à apprendre que nous ne sachions pas déjà ? grommela Kemmer. On ne peut rien attendre des gens d'ici. Et, sur ce monde, le vol est sévèrement réprimé.

— Ce qui veut dire ? jeta Santis.

— Rien de particulier. J'en parlais juste comme ça.

— Est-ce que j'ai l'air d'un voleur, hein ? Je peux me battre et tuer pour gagner ma paie mais voler...

— Si votre vie en dépend, vous le ferez,

intervint Dumarest. J'ai quand même appris un petit détail qui pourrait être intéressant : de temps à autre, on envoie des hommes travailler sur les installations extérieures.

— Des gens endettés, dit Kemmer. Ils ont une liste. J'aurais dû vous éviter de payer la serveuse.

— Juste quelques pièces, protesta Santis. Même pas le prix d'un verre.

— Mais de l'argent ! (Kemmer baissa la voix.) Vous les mercenaires, vous êtes tous les mêmes avec vos mains percées. Un marchand, lui, connaît la valeur de l'argent. Honnêtement, combien possédez-vous ?

— J'avais assez pour me payer un passage jusqu'à Fendris. J'aurais pu y trouver du boulot mais maintenant, tout est à l'eau...

— Et puis ?

— Je n'ai plus de quoi me payer un passage en Haut, répondit Santis d'une voix sinistre.

— Je suis dans une meilleure position, dit Kemmer. Ce n'est pas le Pérou mais j'ai assez pour insister pour payer la prochaine tournée. Mais il ne faudrait pas que le prochain vaisseau tarde à arriver. Et vous, Earl ?

— Même chose que vous. Et Marta ?

— Elle a de l'argent, mais combien, ça je n'en sais rien. De toute façon, c'est sans importance car elle ne nous en prêtera pas. Et, en toute franchise, je ne lui en veux pas. Il arrive que la vie soit dure... ajouta Kemmer en secouant la tête.

Plus que dure, sur Harge. Dumarest appuya

ses épaules contre le mur. Une position instinctive chez lui car donnant le maximum de protection. Mais cela ne servait plus à rien maintenant. Il avait appris que Frome avait été le seul capitaine à débarquer ses passagers de force. Ce qui signifiait qu'il avait une bonne raison de le faire. Une raison que Dumarest n'avait aucun mal à deviner.

Le Cyclan avait fini par prédire ses mouvements. Au début, les innombrables mondes de la Déchirure avaient été synonyme de sécurité mais maintenant, tous les petits voyages qu'il avait dû faire avaient fini par jouer contre lui. Sa chance l'avait abandonné et Harge n'était rien d'autre qu'une prison avec, en guise de barreaux, des tempêtes inimaginables et des facteurs économiques à peine moins cruels.

Le droit d'entrée était élevé et ne donnait droit à rien d'autre qu'à un abri. Ici, tout devait être acheté, jusqu'à la moindre goutte d'eau, jusqu'au moindre instant de repos. Et il n'existait aucun moyen de travailler pour gagner sa vie. Bientôt, comme Santis, il ne tarderait pas à n'avoir plus de quoi payer un passage. C'était le cauchemar de tous les voyageurs : se retrouver coincé sur un monde dont il était impossible de s'échapper. Mais Dumarest n'avait pas peur de mourir sur Harge : le Cyclan lui aurait mis la main dessus bien avant...

***

La réunion était telle qu'Ellain s'y était attendue : une bande d'hommes riches et puissants exhibant leurs possessions. Jashir Yagnik était venu avec un jongleur, une sorte de clown grimaçant de terreur mais dont l'angoisse devint bien réelle lorsqu'il vit l'expression de son protecteur quand il manqua une de ses balles. Khan Barrocca, lui, avait amené une voyante albinos dont la transe fut si horrible que le vieux Keith Ambalo, l'oncle de Yunus, ne fit aucun effort pour masquer son dégoût.

— Je pensais pourtant que ça vous amuserait, dit Khan Barrocca.

— Ce n'est pas le cas. (Keith Ambalo était assez vieux et puissant pour se payer le luxe de manquer de courtoisie.) Il y a des limites à ne pas dépasser. Yunus, mon garçon, où est ta chanteuse ?

Ellain était assise à côté de lui, resplendissante dans sa robe ébène. Sa chevelure écarlate brillait tellement qu'elle donnait un éclat lumineux à sa peau. Keith Ambalo venait de montrer son mépris pour tous ceux qui n'appartenaient pas aux Cinq et la fierté d'Ellain la poussa à se montrer impolie à son tour.

— Yunus, pourquoi ne pas m'avoir avertie ? Quelle tristesse de voir que ton oncle a la vue qui baisse !

— La vue qui baisse ?

Yunus fronça les sourcils puis, comprenant le sous-entendu, hésita entre le rire et la colère. Se moquer d'un membre de sa famille était impardonnable mais Keith devenait trop ridicule par moments. Et puis il n'y avait aucun danger à prendre le parti d'Ellain, d'autant plus que Khan serait de son côté.

— Une affection récente, reprit-il avec le plus grand sérieux. Keith ne voit plus ce qui ne lui appartient pas. Ni ce qu'il voudrait bien avoir sans pouvoir l'obtenir. En revanche, ses oreilles fonctionnent encore très bien...

— Mes oreilles ? Qu'est-ce que... (Il se tut un court instant.) Allez, amuse-toi sur le dos d'un vieil homme pendant que tu le peux, mon garçon. J'espère que ce que tu veux me faire entendre en vaut la peine. (Son regard se tourna vers Ellain.) Soyez à mon goût, ma chère, et je saurai vous manifester ma reconnaissance.

— Yunus ?

Le jeune homme se permit de manger un morceau de viande avant d'acquiescer d'un hochement de la tête.

— Vas-y, ma chérie. Il est temps d'offrir enfin un spectacle à la hauteur de notre position sociale...

Ellain alla discuter un instant avec le groupe de musiciens installé à l'autre bout de la salle puis se mit à chanter pendant que les lumières se tamisaient petit à petit et que la musique s'élevait derrière elle.

Elle avait choisi de commencer avec le *Banachata* de Remsley, un morceau bien plus difficile qu'il ne le paraissait. Suivraient ensuite *La Passion du Cœur* d'Hezekiah et l'*Interlude* d'Ecuilton.

Dès le départ, elle sut qu'elle tenait l'assistance. Sa robe et sa chair dévoilée n'étaient pas nécessaires pour cela : sa voix magique suffisait à elle seule. Khan Barrocca était resté, le verre à demi levé, son envie de vin oubliée. Jashir Yagnik s'était mis à marmonner, son visage et ses yeux trahissant l'envie qui l'habitait. Chole Khalil, un jeune homme impressionnable, fixait le corps de la jeune femme, comme plongé dans un rêve. Yunus, Keith, Ellain les tenaient tous dans sa main. Un auditoire à manipuler, à contrôler.

Une fois poussée la dernière note de l'*Interlude* d'Ecuilton, inspiré par les horreurs de la guerre civile, une note ressemblant à un cri et qui frappa les spectateurs comme un coup de poing, Ellain s'inclina. Ses cheveux tombèrent en cascade jusqu'au sol. Le mouvement exposa une longue cuisse et les spots lumineux firent briller son dos.

La salle vibra sous un tonnerre d'applaudissements.

— Ma chérie ! s'écria Yunus en se levant pour l'accueillir alors qu'elle revenait vers la table. Tu as été merveilleuse ! Superbe !

Il était satisfait. Il jouissait de l'adulation que son jouet avait fait naître chez les autres. Il était aussi fier que le propriétaire d'un pur-sang qui vient de gagner une course, ou celui d'un chien intelligent. Et pourtant, lorsqu'il la toucha, Ellain crut sentir quelque chose de plus. Une certaine tendresse. Un regard. Peut-être était-elle pour lui un peu plus qu'une simple voix destinée à séduire ses invités ?

— Yunus, je vous offre dix mille krens pour son contrat, déclara subitement Khan Barrocca.

— Seulement dix mille ? (Yunus haussa les épaules.) Vous visez trop bas, mon cher.

— Cent mille ! hoqueta le jeune Chole, conscient de sa témérité. Cent mille, Yunus !

Ellain s'attendait à ce qu'il rejette l'offre afin de bien montrer à quel point elle était inestimable. Au lieu de cela, Yunus parut réfléchir.

— Vous me tentez, Chole... Vous avez bien dit cent mille ?

— Oui.

— Et vous les avez ? (Il sourit en voyant l'hésitation de l'autre.) Non ? Alors, faites-moi signe quand ça sera le cas.

Son sourire avait trahi sa nature profonde en laissant filtrer toute la cruauté dont il était capable ; ce n'était pas par jeu qu'il avait fait monter les enchères, il avait vraiment voulu humilier le garçon.

A défaut d'autre chose, le montant de l'offre avait restauré en Ellain un peu de sa confiance en elle-même. Pourquoi devrait-elle autant dépendre de Yunus Ambalo ? Elle était unique alors que lui n'était qu'un homme parmi tant d'autres. Une réalité qu'elle avait eu tendance à oublier.

— Non, ma chérie, fit alors Yunus, comme s'il avait deviné le cours de ses pensées. Je ne suis pas du genre à me faire rouler aussi facilement. Tu dois te souvenir que je suis toujours le propriétaire de ton contrat. Tu as une dette envers moi.

— Pourrais-je un jour l'oublier ? répondit-elle avec amertume.

— La sagesse voudrait que non.

— Et tu feras en sorte de me rappeler constamment que je suis ta propriété... Ton esclave ! (La colère transforma ses yeux en lacs d'émeraude.) Un jour, Yunus, je te promets qu'un jour...

— Un jour les vents s'arrêteront et il sera aussi agréable de marcher sur le sol de Harge que sur celui de... Nyadoma. C'est bien le nom de ton monde, n'est-ce pas ? Nyadoma, là où tous les gens sont égaux et où personne n'est rejeté par la société ? (Sa voix était cinglante d'une ironie glacée.) Je me demande comment tu as fait pour quitter un tel paradis... Ne me menace jamais plus, Ellain, ajouta-t-il soudain d'un ton acide. Que ce soit en privé ou en société. Ou tu le regretteras amèrement, je te le promets !

— Tout comme tu m'avais promis de m'emmener à l'arène.

— Absolument, ma chérie. Je ne l'ai pas oublié. (Il eut un sourire narquois.) Mais avant cela, finissons le repas, veux-tu ?

***

L'agglomération de Harge était peu étendue mais offrait tout ce qu'on pouvait espérer trouver sur une planète. Les tours les plus hautes abritaient des suites et des appartements luxueux aux grandes baies protégées de la poussière mortelle et à l'atmosphère délicieusement parfumée. Là, on pouvait se promener dans des jardins exotiques, nager dans des piscines limpides, se dorer au soleil sous des toits transparents. Plus bas s'étendaient les logements plus modestes, les bureaux, les commerces et les écoles. Plus bas encore, sous le niveau du sol, naissait un autre monde, dur, bruyant et triste. Enfin, enfoui aussi profondément que possible, il y avait le Terrier, la zone des damnés.

Entre les deux mondes, telle une couche isolante, existait une sorte de *no man's land* que Dumarest avait rencontrée dans toutes les civilisations.

— Approche, mon joli ! s'exclama une vieille bique. Assieds-toi que je lise ton avenir dans ta main. Je peux aussi te dire où trouver des femmes des niveaux supérieurs qui aiment descendre s'encanailler et qui payent tout ça !

— Pourquoi dépenser de l'argent, grogna Kemmer. Cette femme est un charlatan.

— Un charlatan, tu dis ? (Les yeux de la vieille étaient devenus durs comme de l'acier.) Marchand, à ton avis, qui de nous deux a fraudé le plus ? Me laisserais-tu raconter à tes amis pourquoi tu as quitté ton monde ?

— Pure devinette, intervint Santis en haussant les épaules. Je peux en faire autant.

— C'est sans doute pourquoi tu es si riche, mercenaire. Si respecté. Si demandé. (Elle éclata de rire et une odeur rance s'éleva lorsqu'elle pointa le doigt vers Dumarest.) Toi, mon joli, viens t'asseoir à côté de moi. Cette nuit, j'ai fait un rêve et tu corresponds à ce que j'y ai vu. Un homme vêtu de gris avec une expression sur le visage si terrible que je me suis réveillée en criant. Un mauvais présage qu'il faudrait être stupide pour ignorer.

Dumarest se méfiait d'elle tout en sentant confusément qu'elle était peut-être autre chose qu'un simple escroc. Le fait qu'elle ait deviné la profession de Kemmer tendait à le laisser croire. Et puis, elle pourrait toujours lui donner quelques informations utiles...

Il entra dans la baraque aux murs de sable vitrifié couverts de symboles criards. Une table supportait une boule de cristal rayée par endroits. Un nuage d'encens imprégnait l'air de son parfum. Dumarest jeta quelques pièces dans une coupe.

— Je ne suis pas un gogo, petite mère, dit-il doucement. J'ai même pratiqué un temps la profession. Alors, ce que je veux, ce sont des réponses à certaines questions. Compris ?

— Ne fais pas trop le malin, mon ami, répondit la vieille en ramassant l'argent. J'ai vraiment le talent. Donne-moi ta main. (Elle suivit le réseau des lignes du bout d'un ongle sale.) Un voyageur, murmura-t-elle. Qui a vu bien des mondes et connu bien des amours. Et qui a affronté bien des dangers. Un combattant entraîné à se servir d'un poignard. Un joueur. Un homme qui cherche la vérité et qui... (Elle se tut et inspira profondément.) Rouge, souffla-t-elle. Écarlate. Méfie-toi de la couleur du sang !

Dumarest évita de montrer son impatience. N'importe qui aurait été capable de faire ce genre de révélation rien qu'en le regardant de près.

— Écarlate, répéta la vieille. C'est derrière toi, autour de toi. Tout est écarlate.

— Y a-t-il ici des gens qui portent des robes écarlates ? demanda Dumarest.

Elle secoua la tête. Mais cela ne voulait rien dire. Les cybers pouvaient fort bien se trouver dans les niveaux supérieurs sans qu'elle le sache.

— Quelqu'un m'a-t-il demandé ? la questionna à nouveau Dumarest. En me décrivant, je veux dire ?

— Non.

— Si cela s'était produit, tu l'aurais su ?

— Je sais toujours ce qui se passe dans le Stril. (Elle se remit à étudier la paume de Dumarest.) Il y a quelque chose de bizarre ici. Un danger et autre chose. Tu as tué, l'accusa-t-elle. Il y a des hommes qui ont de bonnes raisons de te détester. Des hommes assoiffés de vengeance.

— Et alors ?

— Ils ne te laisseront pas de répit. Et ils sont tout proches. Je vois... Non, il y a des choses qu'il vaut mieux ne pas dire...

— Nous avons conclu un marché, dit Dumarest. Si tu ne peux pas faire mieux que ça, je risque de me sentir floué. Je suis sûr que tu ne voudrais pas que ce soit le cas, hein ? Non, je ne pense pas. Alors, pourquoi ne pas répondre maintenant à quelques petites questions ?

Les autres le rejoignirent quand il ressortit de la loge. Kemmer ne fit rien pour cacher son irritation devant ce qu'il considérait être une stupidité. Santis, lui, montra plus de compréhension.

— Parfois ça aide, Earl. Je connais ça. Un jour, sur Pico, une de ses semblables m'a permis de gagner une bataille…

— Alors, qu'avez-vous appris d'intéressant, Earl ? (Kemmer jeta un regard noir à une prostituée peinturlurée qui venait de lui prendre le bras.) Un moyen de quitter ce pétrin ?

Il n'y avait qu'un seul moyen d'y parvenir et ils le connaissaient tous. Tout comme ils savaient que c'était dans le Stril qu'on pouvait le trouver. Dumarest les conduisit dans des corridors bordés de loges, ignorant les rabatteurs, les maquereaux et les putains. Il expédia au tapis un pickpocket un peu trop entreprenant. Puis, à un carrefour, il entendit un bourdonnement qui lui était familier.

— Pariez sur le gagnant et remportez deux fois votre mise ! Les rouges contre les jaunes. Allez ! Allez ! Le prochain combat va bientôt commencer !

L'aboyeur était grand et maigre. Ses vêtements étaient minables et ses yeux sans cesse en mouvement. Derrière lui se trouvait une pièce au centre de laquelle se dressait, sur une table protégée par une barrière circulaire, un dôme de plastique transparent. Le dôme était vide mais ne tarderait pas à être rempli de spores rouges et jaunes qui allaient s'entre-dévorer sauvagement jusqu'à ce que l'une des couleurs reste maîtresse du terrain.

La voix s'affaiblit pour laisser place à celle d'un homme rabougri qui se pavanait sur ses jambes arquées.

— Trois danseuses sacrées de Fecundis... Ai-je besoin d'en dire plus ? Vous, monsieur ! (Il désigna Santis du doigt.) L'âge commence à faire sentir son poids sur vos épaules, alors, avant que ne se referment les portes de la vie, pourquoi ne pas vous offrir une expérience que vous n'oublierez jamais ? Cinquante krens pour voir. Cent de plus pour monter sur la scène. Une affaire ! (Il éleva le ton en les voyant s'éloigner.) Vous refusez mon offre ? Mais qu'est-ce qui arrive aux hommes sur Harge, bon sang ?

Une femme en train d'exposer les charmes de fillettes voilées au corps souple aurait pu le lui dire. Plus loin, un apothicaire vantait ses philtres d'amour et ses médicaments. Un magicien avalait du feu et faisait surgir des œufs d'endroits inattendus. Un boxeur aux muscles tendus comme des câbles proposait d'affronter qui le désirait.

— Hé vous, là ! cria son imprésario en désignant Dumarest. Cent krens si vous tenez une minute. Cinq cents si vous gagnez. Vos copains pourront voir que tout est réglo.

— Cinq cents, répliqua Kemmer. Pour un visage démoli et des os cassés, ce n'est pas de trop...

Et des blessures internes : une rate ou un foie éclatés, des côtes cassées perforant poumons et plèvres. Le boxeur avait des poings comme des marteaux et devait s'en servir comme tels. Dumarest étudia son visage et ses yeux ; il n'y lut que pesanteur d'esprit et désintérêt. Un homme qui avait combattu trop durement et trop souvent. Une machine vivante dépourvue de sensations et de sentiments. Un jour, des cellules lâcheraient dans son cerveau et il se retrouverait paralysé ou mort. Jusque-là, il ne lui restait plus rien d'autre à faire dans la vie que de tuer.

— Pourquoi ne se bat-il pas dans l'arène ? demanda Santis.

— Il est trop doux pour ça, répondit rapidement l'imprésario. Il n'aime pas faire mal et veut seulement montrer ses talents. Battez-le et vous aurez de l'argent. Et si vous perdez, vous pourrez toujours dire à vos amis que vous avez combattu un vrai champion.

— Vous avez dit cent krens ? lança un jeune homme corpulent désirant montrer sa virilité à la fille peinturlurée qu'il avait au bras. Cent ?

— Si vous tenez une minute, ils sont à vous. Cinq fois plus si vous gagnez ! Allez, montez !

Dumarest partit alors que le jeune homme entrait dans la baraque de foire, poussé par ceux qui voulaient payer pour voir du sang. Si le boxeur retenait un peu ses coups et si l'imprésario avait le sens des affaires, il gagnerait peut-être. Rien de tel qu'une victoire facile pour en encourager d'autres à venir se battre. Dans ce cas, le jeune aurait de la chance. Mais Dumarest n'aurait pas parié sa tête dessus.

— Dix ans plus tôt, j'y serais allé, dit Santis. J'ai toujours été bon en combat à mains nues.

— Même pour cinq cents krens ; ce n'est pas assez. (Kemmer se poussa de côté pour laisser passer un homme de haute taille au visage maquillé et aux pupilles dilatées : un drogué qui pouvait se révéler dangereux.) Earl, on est encore loin ? demanda-t-il, mal à l'aise.

L'homme avait surgi d'un passage étroit mal éclairé par une lumière orange. Des portes s'y ouvraient telles des bouches avides, chacune d'entre elles décorée de symboles et de dessins suggestifs. Le marché aux drogues et aux expériences bizarres, aux stimulations créées mécaniquement et aux rêves hypnotiques. Certaines portes laissaient passer de doux gémissements, d'autres des cris et des jurons. Dans la mauvaise lumière, les silhouettes des rabatteurs ressemblaient à des fantômes tordus.

— Sensovidéos intégrales, murmurait l'un. Faites-vous brûler, pendre, écorcher vif, bouillir dans l'huile... De vraies expériences enregistrées dans l'esprit de condamnés exécutés. Faites-vous crucifier, empaler...

— Soyez la victime consentante de la luxure d'une femme, suggérait un autre. Tordez-vous de douleur sous les coups d'une chair avide. Soyez...

— Un tigre, une araignée, une guêpe chasseresse. (L'offre était cette fois susurrée.) Goûtez au sang et sentez les os et la chitine se briser sous vos dents...

— Ici vous trouverez comment développer vos sens. Comment sentir le vent de l'espace sur votre chair nue. Comment voir vos désirs prendre forme. Comment...

— Devenez un Dieu. Grâce à ces nouvelles applications de la science et de la médecine, tous maintenant vous pouvez voir vos désirs les plus élémentaires devenir réalité. Développez votre esprit, faites connaissance avec les joies de...

— Reposez-vous. (La voix était un ronronnement.) Étendez-vous pour fumer et oublier la lutte pour la survie. Découvrez le bonheur et la joie au sein de délicieuses vapeurs. Cent krens vous procureront un lit pour une heure.

Un lieu enfumé où des formes somnolentes gisaient dans un oubli temporaire. Des silhouettes qui se contractaient de temps à autre, qui s'étiraient et qui criaient en émergeant de l'euphorie d'un rêve ou en plongeant encore un peu plus profondément dans un cauchemar. C'était la dernière porte. Et, au-delà, se trouvait ce que Dumarest était venu chercher.

CHAPITRE III

Tout comme la ville, le Stril était découpé en strates dont une partie était réservée aux amusements inoffensifs et une autre aux divertissements de choc, une zone proche de l'enfer lui-même. Au-delà du passage, s'étendait un large secteur décoré de statues en sable vitrifié représentant des scènes de luxure et de torture. Des centaines de statues disposées en rangs tout autour de la construction élevée au centre de ce lieu de perdition.

Dumarest la regarda, scrutant le mur et ses colonnades, les portes voûtées et les portiques, les allées conduisant aux différentes entrées. Partout la pierre portait les traces du passage du temps.

— Qu'est-ce qu'on fait maintenant, Earl? demanda Santis avec un air renfrogné. (Le mercenaire avait l'habitude des divertissements habituels dans les endroits civilisés mais ne les avait jamais trouvés à son goût : la guerre était une chose mais la dégradation dont étaient capables les êtres humains en était une autre.) Ce coin pue !

La sueur, la peur, le sang, l'odeur de la douleur et de la luxure. La richesse et la pauvreté abjecte. Le désespoir. Dumarest connaissait bien toutes ces odeurs...

— Entre autre chose, la vieille m'a dit qu'ils jouaient au Trouvez le Joker ici. Elle n'avait pas menti.

— Et alors ? dit Kemmer d'un ton impatient.

— Ça va nous donner une chance de gagner de l'argent. Carl, vous vous occupez de parier. Maurice, vous renforcez la mise en scène. Quant à moi, je vais jouer le gogo de service. (Dumarest jeta un coup d'œil autour de lui, remarqua des attroupements entre les statues puis repéra un groupe qui venait juste de se former.) Là-bas ! Dépêchons-nous !

Un homme se tenait derrière une table étroite avec trois cartes à la main.

— Trouvez le joker et vous gagnerez le double de votre mise. Trois cartes, vous voyez ? Un deux, un autre et un joker. Voilà, je les retourne et je les pose. A vos paris !

Son geste avait été maladroit et la position du joker était évidente pour tout le monde. Un homme, visiblement soûl, posa une poignée de pièces dessus et se détourna pour tousser. Ce qui permit au donneur d'intervertir tranquillement le joker avec une des deux autres cartes. Personne ne dit rien... Qui aurait voulu protéger un imbécile ?

Dumarest ne fut pas dupe. L'ivrogne travaillait avec le donneur et jouait son rôle pour mettre les badauds en condition. Il ne devait pas être le seul complice. Dumarest en repéra deux autres : un gros homme qui devait plus tard faire monter les paris et un autre, prêt à intervenir au moindre problème. Dumarest se rapprocha de lui au moment où le mercenaire tentait sa chance.

— Cent !

— Votre argent...

— Sur la carte ! (Santis leva la main pour montrer la pièce posée sur la carte : d'autres auraient pu parier la même chose mais ce pari fit naître la suspicion et les retint de suivre.) J'ai gagné ?

— Vous avez gagné. (Le donneur restait impassible : après tout, cela inciterait les autres parieurs à jouer.) Encore cent ? dit-il avec un froncement de sourcils en voyant Santis répéter sa manœuvre.

— Cinq cents. (Le regard du mercenaire croisa le sien.) J'ai encore gagné, hein ?

— Oui, il a gagné ! s'exclama Kemmer au milieu de la foule. Il avait posé son argent. Je l'ai vu ! On l'a tous vu ! Payez-le !

— C'est vrai. (Le gros homme fit de son mieux pour réparer les pots cassés.) Il avait posé son argent, c'est vrai. (Il détourna la tête et Dumarest vit son clin d'œil.) C'est votre jour de chance, mon vieux.

Et son équipe allait tout faire pour que ça cesse. Le donneur fut pris d'une quinte de toux et se détourna. Profitant de son moment d'inattention, le gros homme ramassa instantanément le joker et corna légèrement la carte avant de la reposer. Le donneur refit face à la table et lança à nouveau son boniment.

— Trouvez le joker et remportez deux fois votre mise ! Pas d'argent, pas de gains ! Allez, préparez votre argent !

L'échange de cartes fut mené avec tant d'habileté que Dumarest ne le vit pas. Tout l'argent se posa sur la carte marquée sans que personne ne songe à avertir le donneur de la tricherie. L'homme retourna la carte marquée, un deux, et ramassa l'argent.

Comme Santis s'approchait de la table, un type lui rentra dedans.

— Hé l'ancien, c'est sur mon pied que tu viens de marcher !

— C'était un accident et...

— Mon cul, oui ! (L'homme commençait à s'énerver lorsque Dumarest lui emprisonna un poignet.) Qu'est-ce que...

— La faute à pas de chance, souffla Dumarest. On s'en va, maintenant. Et si tu essaies de nous en empêcher, je te casse le bras, compris ?

— Espèce de salopard ! C'est Syclax qui...

— Tu auras bientôt de ses nouvelles. (Dumarest libéra le poignet de l'autre.) Retournez à votre jeu.

— Syclax ? s'étonna Kemmer alors qu'ils s'éloignaient. Vous le connaissez ?

— Non.

— Mais...

— Ce doit être un concurrent. C'est facile de

faire fuir les parieurs. Mais laissons ça de côté. On a autre chose à faire.

Un peu plus tard, alors qu'ils quittaient une table de jeu, ils virent le donneur, qui lui aussi avait tenté de les rouler en vain, murmurer quelque chose à un homme, qui disparut ensuite entre les statues.

— Fini l'argent facile... dit Dumarest en jetant un regard aux petits groupes de parieurs. On est repérés et il vaut mieux ne plus insister sinon on va avoir des ennuis. Vous auriez fait la même chose, ajouta-t-il en voyant l'expression de Kemmer.

— A une vente aux enchères, peut-être... Mais ce n'est pas pareil.

— Si, il y a une différence. Quand on doit survivre, la tricherie devient normale...

— C'est une question d'éthique, protesta Kemmer. Un marchand ne peut pas se permettre de tricher s'il veut rester dans les affaires. Tout au plus peut-il se laisser aller à... nuancer la vérité. C'est à l'acheteur de... (Il se tut et blêmit.) Bon sang, qu'est-ce qu'il se passe ?

Un hurlement s'éleva à l'autre bout de l'arène, faisant naître un brusque silence alentour. Un cri d'agonie qui se répercuta sous le toit et que Dumarest devina être sorti d'une gorge tranchée. Le silence subsista un instant puis les affaires reprirent. Seule une poignée de gens courut en direction de l'endroit d'où avait retenti le hurlement.

— Les fosses, jeta un homme à Dumarest

qui venait de lui poser la question. Quelqu'un qui n'a pas eu de chance...

C'était une femme qui gisait comme une poupée de chiffons dans son propre sang. Elle était presque nue et son corps était couvert de morsures. Des anciennes et des récentes. Des petits cadavres velus étaient éparpillés autour d'elle.

La fosse était un trou circulaire profond de trois mètres et dont les parois lisses étaient constellées de taches sanguinolentes. Un parapet empêchait les spectateurs de tomber dedans. Une fosse... Sur d'autres mondes on y mettait des ours, des taureaux, des chiens, pour y affronter des hordes de créatures plus petites. Sur Harge, c'étaient des femmes...

Un homme était descendu près du cadavre. Il interpella deux de ses assistants.

— Dépêchez-vous, bon sang ! Nettoyez-moi ce bordel ! (Il ressortit du trou.) Vous avez vu ? demanda-t-il à Dumarest.

— Non.

— Alors, vous l'avez au moins entendu gueuler ? Quel cri ! Je n'aurais jamais cru qu'elle finirait comme ça... L'imbécile ! (Son visage se colora et il serra les poings.) Je l'ai avertie qu'elle allait trop loin mais elle n'a rien voulu entendre. Elle a dû se droguer pour battre la montre.

— Battre la montre ?

— Ouais. (L'homme jeta un coup d'œil à Kemmer.) Il y a mille krens mis en jeu et on en perd dix à chaque seconde. Il faut tuer vingt rats ; un bon combattant peut arriver à les exterminer en une minute. Les candidats se servent de parfums pour les attirer, en essayant de les tuer quand ils attaquent. S'ils donnent un bon spectacle, les spectateurs leurs jettent des pièces. Les paris sont faits sur le temps qu'ils mettront pour liquider les rats. (Il fit un geste en direction de la morte qu'on était en train de remonter.) Elle était bonne. Enfin, on en trouvera d'autres...

Une femme avait accepté de se transformer en appât pour des rongeurs affamés... Tout ça pour de l'argent ! Mais après tout, était-il si différent d'eux ?

Dumarest regarda la fosse et vit à la place les rings sur lesquels il s'était si souvent battu à l'arme blanche sous les rugissements de la foule avide de sang. Combattre un homme ou une bande de rats rendus fous, au fond quelle différence ? Et lui, valait-il vraiment mieux qu'un animal ?

— Earl ? dit Kemmer avec un air anxieux. Ça va ?

Le monde, la civilisation, l'univers... Les hommes vivraient-ils un jour dans la fraternité ? Certains l'espéraient mais sur Harge, les moines de l'Église de la Fraternité Universelle étaient interdits de séjour. Leur charité était méprisée par les Cinq et leur foi considérée avec crainte et suspicion ; cette foi qui reposait sur la croyance que tous les hommes étaient des frères et que la douleur de l'un d'entre eux était celle de tous. Pourtant, si tous partageaient cette même certitude, le Millénium pourrait enfin se produire…

Et dire que c'est lui qui aurait pu être mort au fond de la fosse…

— La pauvre imbécile, grommela Santis. Comme s'il n'y avait pas autre chose de mieux à faire pour une femme. (Il regarda le corps sanglant qu'on emportait.) La montre, fit-il avec amertume. Si elle avait gagné quelques centaines de krens, elle aurait pu s'estimer heureuse. Et pour ça, il lui fallait risquer sa vie. Et cela sans cesse jusqu'à ce que, inévitablement, elle finisse un jour par perdre son pari. Et qu'aurait-elle pu faire d'autre ?

Et lui, que pouvait-il faire d'autre ?

— Allons-y, dit Dumarest. Maurice, vous vous occupez des paris. Prenez les meilleures cotes. Carl, vous serez mon imprésario. Souvenez-vous : je suis mou, stupide, lent et râleur. Et vous voulez vous débarrasser de moi.

— Trouvera-t-on quelqu'un que ça intéresse ?

— Pourquoi pas ? Une proie à bas prix pour un combat vite gagné. Demandez Matpius. (Un nom donné par la vieille voyante.) Sa conscience ne risque pas de lui jouer des tours. Maurice, prenez l'argent.

Tout l'argent… Mais Dumarest jouait bien plus que des pièces. S'il perdait, les autres seraient ruinés mais lui serait mort…

Et Matpius avait l'intention de le voir mourir.

C'était un homme replet et parfumé dont les mains délicates étaient chargées de bagues. Les bouclettes de ses cheveux descendaient sur ses oreilles pour se rassembler sur sa nuque. Ses vêtements correspondaient à son physique : une tunique plissée avec des manches à plis creux qui laissaient apparaître des bouts fendus pour montrer les tissus de couleurs criardes à l'intérieur. La garde d'une dague, rehaussée de pierres précieuses, dépassait de sa large ceinture. Il ne cessait de se passer une pomme d'ambre sous les narines tout en parlant.

— Un combattant ? *Ça* ?

— Une créature infortunée, monseigneur. (En homme habitué à traiter avec les puissants, Santis s'inclina.) Un soldat de mon ancienne compagnie qui m'a toujours bien servi et envers qui j'ai des obligations. Qui peuvent coûter cher, à la longue. Son esprit n'est plus ce qu'il était et il commence à devenir un peu trop pesant pour moi. Mon honneur m'interdit de l'abandonner mais cependant... (Il se tut et haussa les épaules.) Nous sommes tous deux des hommes d'expérience, monseigneur, et je suis sûr que vous savez apprécier cette situation.

Matpius renifla sa pomme d'ambre et étudia Dumarest qui se tenait devant lui, le regard vide, les épaules voûtées et les bras ballants. Un homme bien constitué pourtant et que les femmes auraient pu trouver attirant. Dommage qu'il ait été stupide. Mais c'était aussi bien comme ça et se servir de lui ne poserait aucun problème.

— Pourquoi porte-t-il un poignard ?

— Une vieille habitude, monseigneur. (Santis se pencha et tira de la botte le poignard maquillé en vieille arme émoussée.) Pouvez-vous me rendre service ?

— Peut-être.

C'était dans sa nature que de laisser planer l'incertitude. Matpius renifla à nouveau sa pomme d'ambre tout en réfléchissant. Pareille créature ne tiendrait pas longtemps face à un vrai combattant et les spectateurs des arènes attendaient plus qu'une simple boucherie. Cela dit, il pourrait être drogué et poussé à la folie homicide. Ce qui pourrait devenir intéressant...

— Et s'il lui arrivait malheur ?

— Monseigneur, je suis quelqu'un de réaliste. Utilisez-le comme bon vous semble. Le prix...

— Mille Krens. C'est à prendre ou à laisser.

— C'est peu, monseigneur.

— Mais un pari astucieux pourrait augmenter cette somme. Ai-je besoin d'en dire plus ? Conduisez-le dans les enclos. Demandez à voir Delman. (Il griffonna un billet.) Donnez-lui ça et il vous versera l'argent. Et ne revenez pas voir votre ami, ajouta-t-il en voyant Santis regarder Dumarest. Ce serait une perte de temps.

*
**

— Mon bras ! criait un homme dans l'ombre. Bon dieu, mon bras !

Il avait été entaillé jusqu'à l'os par un coup de lame vicieux. Un coup gagnant pour son adversaire, qui faisait maintenant le tour de l'arène sous les applaudissements de la foule. Le vaincu, lui, resterait handicapé à vie, sauf s'il pouvait se payer une chirurgie onéreuse. Ce qui n'était pas le cas.

Dumarest se détendit dans l'obscurité. Cela faisait maintenant quatre heures qu'il jouait son rôle d'épave humaine. Mais cela lui avait permis d'apprendre pas mal de choses.

Comme il s'en était douté, Matpius était un monstre sanguinaire déguisé en homme. Un trafiquant de chair, uniquement soucieux d'efficacité et de spectaculaire. Un proxénète travaillant pour les Cinq et tous ceux qui pouvaient s'offrir les meilleures places. Et ses assistants ne valaient pas mieux que lui : des sadiques qui aimaient leur métier... Les combats, quant à eux, étaient relativement réguliers. Plusieurs à la troisième blessure, un certain nombre à mort et seulement deux à la première goutte de sang. Ces derniers étaient destinés à un public d'amateurs raffinés, plus sensibles à la beauté du geste qu'à une banale exécution, contrairement à la majorité qui, elle, préférait un spectacle plus sanglant et qui aimait acclamer celui qui, le premier, blessait par trois fois son adversaire. Et même ceux-là pâlissaient face aux exigences bestiales de ceux qui ne voulaient rien voir d'autre qu'un combat à mort.

Dumarest pouvait entendre leurs cris d'animaux assoiffés de sang. Des hommes et des femmes dégénérés et dépravés. Il ferma les yeux et revit leurs visages révélant la bête féroce, primitive, dissimulée sous le vernis de la civilisation.

Des visages qui ressemblaient au sien lorsqu'il se retrouvait sur le ring.

Un pari sur la mort. Chaque fois qu'il montait sur un ring, c'était cela. Un pari basé uniquement sur la chance, qu'une flaque de sang frais et gluant ou n'importe quel autre grain de sable, pouvait lui faire perdre tout à coup. Des détails face auxquels la vitesse et le talent ne suffisaient pas. Un jour, sa chance finirait par le quitter. Aujourd'hui même, qui sait ?

Delman entra en trombe dans les enclos.

— Nettoyez-moi tout ça et préparez les prochains combattants ! Toi ! (Il jeta un regard irrité à Dumarest.) Debout ! (Il hocha la tête en voyant Dumarest se mettre debout avec raideur.) De la bidoche, renifla-t-il. Mais ça ira. Tu sais te servir d'une lance et d'un filet ?

Dumarest resta de bois, sans répondre.

— Tu les tiens, un dans chaque main. Tu enveloppes ton adversaire avec le filet et tu le frappes avec ta lance. Tu n'auras pas besoin de ça. (Il se pencha pour prendre le poignard mais Dumarest bloqua son poignet velu.) D'accord. Si ça te fait plaisir... Chonllen, mets-moi cet attardé en position ! Vite !

Une porte séparait les enclos de l'arène. Dumarest s'y arrêta pour observer le mur circulaire et les rangées de visages qui fixaient le sable brillamment éclairé par des projecteurs.

Face à lui s'ouvrait une autre porte, une bouche noire dissimulant une invisible menace.

— Bon, fit Chonllen en lui mettant le filet et la lance dans les mains. Tu sors et tu attends. Dès que tu vois quelque chose foncer sur toi, tu essaies de tuer. Si tu y arrives, tu gagneras un prix. Il y a cinq mille krens au départ mais tu en perds dix à chaque seconde qui passe. (Il montra la grande horloge blanche aux grosses aiguilles noires qui était fixée sur le mur le plus éloigné.) Le décompte commence dès que le cadran passe au vert. Bonne chance !

Dumarest s'avança dans l'arène en maniant maladroitement lance et filet et en faisant tout pour paraître le plus médiocre possible afin de faire baisser sa cote et de laisser le temps à Kemmer de placer ses paris. Et de prendre le temps d'examiner ses armes.

La lance avait une lame plutôt large de plus de cinquante centimètres de long fixée sur une hampe de bois poli de deux mètres. Le filet, lui, était lesté sur les bords par des morceaux de plomb. Un instrument qui ne se maniait pas facilement. Dumarest le tint comme un fouet dans sa main gauche, la lance en équilibre dans sa droite. Le sable crissa sous ses bottes.

Le cadran de l'horloge était toujours blanc.

C'était fait exprès pour augmenter la tension de la foule. Et cela permettait aux paris de monter. Pour gagner quoi que ce soit, il allait devoir tuer ce qui allait se jeter sur lui en l'espace de quelques minutes seulement. Passé huit minutes, il ne lui resterait plus qu'à sauver sa vie. Un homme désespéré se précipiterait, comptant sur l'effet de surprise et sa vitesse pour battre son adversaire. Il essaierait de le bloquer avec le filet puis de le percer de coups de lance. Et le rugissement de la foule acclamerait une victoire classique dans son genre. Mais un tel homme agirait comme un imbécile.

Dumarest regarda l'horloge, toujours couleur de nacre, puis tourna ses regards vers l'autre porte. Il ne savait pas quel serait son adversaire, tant il se doutait qu'il s'agissait probablement d'un animal. S'il avait été un homme, il serait déjà sorti pour accomplir l'espèce de danse préliminaire à l'attaque. Un rite essentiel pour calculer ses chances et pour se mettre en position. Un instant apprécié par ceux qui appréciaient le talent tout autant que le sang.

Une bête, d'accord. Mais de quel genre ?

Une cloche sonna subitement. Le cadran de l'horloge passa au vert et un véritable cauchemar surgit de la porte.

Ellain Kiran empoigna le bras de son cavalier et poussa un cri d'excitation.

— Yunus ! Un sannak ! Mon Dieu, qu'est-ce qu'il est gros !

Trop gros pour qu'un seul homme ait une chance contre lui ; en tout cas surtout pas cette créature empotée qui se tenait au milieu de l'arène. Yunus ignora la pression des doigts de sa compagne et chercha des yeux l'homme bien en chair qui prenait les paris. Kemmer s'activait auprès des clients et restait ferme sur la cote.

— Monseigneur ?

— Je parie sur la bête. Prenez-vous à cinq contre un contre l'homme ?

— Sept serait mieux, monseigneur.

— Six. (Yunus Ambalo n'était pas d'humeur à discuter.)

Trente mille contre cinq. Vous suivez ? (Il reporta à nouveau son regard vers l'arène pendant que Kemmer acquiesçait, l'air satisfait.) Et toi, ma chérie ? Mille krens que cet homme ne tient pas deux minutes ?

— Tenu.

Ellain regarda l'horloge puis Dumarest. Soudain, contre toute logique, elle sentit qu'il allait gagner.

Dumarest ne partageait pas sa confiance. La bête était rapide et le sable jaillissait sous son long corps fuselé alors qu'elle avançait en sinuant dans sa direction. Il eut à peine le temps de la détailler avant de devoir sauter de côté. Le filet fouetta l'air et la pointe de la lance dérapa contre la peau siliconée au moment où l'animal se détournait pour essayer de le mordre d'un coup de mâchoires en forme de bec armé de dents grinçantes.

C'était un pur produit du désert, une espèce adaptée à un environnement aussi hostile que celui de Harge. Son corps de serpent géant était segmenté et couvert d'écailles. Sa tête conique était séparée en deux par la ligne des mâchoires. Ses yeux étaient recouverts d'épaisses plaques de tissu transparent. Aucune oreille n'était visible ni aucun autre point faible que Dumarest puisse reconnaître. Avec ses quatre mètres de long et son mètre de haut, cette bête était une masse de tendons et de muscles durs comme du fer.

Dumarest sauta en l'air pour éviter un coup de queue, sauta à nouveau. Ses bottes heurtèrent le dos de la créature. De là, il bondit en l'air, tourna sur lui-même et jeta le filet. Le réseau de mailles tomba sur le bec. Il donna un coup de lance en direction des yeux mais la pointe métallique dérapa sur les écailles. Cette attaque lui prit du temps et il ne dut qu'à sa vitesse et à son agilité de sauver sa jambe d'un coup vicieux de la queue du monstre. Dumarest s'esquiva et courut à l'autre bout de l'arène. Pour repartir en courant lorsque le sannak se précipita dans sa direction.

Quarante secondes avaient défilé sur l'horloge.

Quatre cents krens envolés, mais Dumarest n'y pensait pas. S'il avait été le mollasson qu'il s'était efforcé de paraître, il aurait déjà été tué et broyé par les mâchoires du sannak. Il n'aurait eu aucune chance. Il se demanda pourquoi Matpius l'avait opposé à cette bête. Il lut la réponse sur les visages avides qui entouraient l'arène et qui ne dissimulaient pas leur désir d'assister à un spectacle de boucherie.

Il sauta une nouvelle fois. Un nuage de sable lui piqua les yeux et la gorge. Le sannak fonçait vers lui. Dumarest fit tournoyer son filet. Il jura en constatant qu'il ne se déployait pas. Il le jeta afin d'avoir les mains libres pour manipuler la lance. Faire face au monstre cuirassé ne servirait à rien avec les armes qu'il avait mais s'il pouvait l'attaquer par-derrière, il avait une chance en essayant de planter sa lance entre les écailles qui se chevauchaient. Une fois blessée, la créature finirait sans doute par se retourner et exposer son ventre. Et si celui-ci était moins protégé que son dos, le combat n'était peut-être pas perdu...

Un coup de carillon perdu parmi les rugissements de la foule indiqua que la première minute venait de s'écouler. Dumarest sauta en l'air, sentir le raclement des écailles contre sa botte et atterrit assez vite pour enfoncer sa lance entre deux écailles. La peau résista une seconde avant de céder. Un ichor verdâtre jaillit entre les écailles. Une blessure sans gravité mais qui fit se convulser le sannak. Déséquilibré par les mouvements du monstre, Dumarest tomba, sans défense, les quatre fers en l'air sur le sable. Et le sannak choisit cet instant pour attaquer.

— Mon Dieu ! (Ellain sentit son estomac se contracter, un frisson qui lutta contre la chaleur sensuelle qui venait d'envahir son corps.) Non ! Mon Dieu, non !

Elle imaginait déjà ce qu'elle avait souvent vu auparavant : le long bec s'entrouvrant pour se refermer sur une victime hurlante avec un bruit d'os brisés. Le membre sectionné que la bête emportait plus loin, abandonnant momentanément l'homme en train de se vider de son sang. Puis le retour du sannak sur sa proie implorante et terrifiée.

— Non ! s'écria-t-elle. Non !

L'homme dans l'arène réagit au quart de seconde. Comme s'il l'avait entendue. Il se releva avec une vitesse incroyable et parvint à se mettre hors de portée ; dans sa course il réussit à récupérer sa lance et frappa à nouveau la bête.

— Rusé, murmura Yunus. Il a découvert un point faible et s'acharne maintenant dessus. Dommage qu'il perde son temps.

— A propos de temps, fit la jeune femme en regardant l'horloge, tu me dois mille krens.

Une dette qu'il accepta d'un bref hochement de la tête, son attention s'étant déjà reportée sur la lutte à mort entre l'homme et la bête. La créature saignait mais sa blessure n'était pas dangereuse. Un détail que Yunus connaissait, mais que l'homme ignorait bien évidemment. Combien de temps allait-il encore s'obstiner avant de changer de tactique ?

Au troisième coup de cloche, Dumarest réalisa qu'il ne faisait qu'irriter le sannak et rien d'autre. Il recula, la lance pointée, et résuma mentalement la situation. L'animal était cuirassé pour résister à un environnement qui tuerait instantanément un homme. Pourtant aucune créature au monde n'était totalement invulnérable... Dumarest esquiva un nouvel assaut du reptile. Il sauta derrière lui tout en s'efforçant de calculer à quelle vitesse il était capable de se retourner. Il nota aussi que, dans le mouvement, les écailles superposées les unes aux autres se séparaient un bref instant. Une information inutile car il était seul et ne pouvait pas être à la fois devant et derrière le monstre pour le frapper. Quant au ventre, il était toujours niché dans le sable. Les yeux étaient protégés et la bouche...

Ce devait être la bouche.

Dumarest avait décidé de prendre son temps, sans plus se soucier de l'horloge. Son objectif, maintenant, c'était de sortir vivant de l'arène...

— Allez ! cria une femme dans les gradins ! Attaque, chiffe molle !

Sans doute une créature d'ordinaire douce et charmante et que la moindre égratignure devait faire tourner de l'œil. Un homme se mit à insulter Dumarest, ragaillardi par la certitude qu'il n'aurait jamais à répondre de ses paroles. Dumarest les ignora tous les deux et ce concentra sur son adversaire.

Tout comme lui, il avait ralenti le rythme et était devenu méfiant. Dumarest, à force de lui agacer le museau de la pointe de sa lance, finit par réussir à lui faire ouvrir la gueule plus largement qu'auparavant. L'animal découvrit une gorge profonde, striée comme une râpe. A deux reprises, la lame érafla le palais rugueux du monstre qui claquait des dents sans parvenir à la bloquer. Le métal se teinta d'un liquide visqueux et verdâtre.

Après le troisième coup, la bête se rua sur Dumarest, engloutissant la pointe de la lance au lieu de s'acharner à lui échapper. Son minuscule cerveau rusé savait apprendre. Dumarest tournoya sur lui-même. Mais, surpris par ce changement de tactique et gêné par le manche de la lance, il perdit l'équilibre et roula sur le sable. Les mâchoires s'ouvrirent, s'apprêtant à écraser la botte juste sous le genou gauche.

— Earl. (Le visage de Kemmer était devenu un masque d'horreur.) Earl !

Un cri qui se perdit dans le tonnerre de la foule qui venait de se lever, sentant déjà la fin du combat. Le sannak ayant assuré sa prise, l'issue était prévisible…

Mais les mâchoires s'étaient refermées sur du plastique galvanisé, dont la structure renforcée pouvait lui assurer une protection de quelques secondes. En un éclair, Dumarest arracha le poignard de sa gaine et parvint à le glisser entre les mâchoires du monstre, le fil de la lame dirigé vers le haut, derrière sa botte, incapable de refermer sa gueule sur sa proie, la bête secoua la tête pour se débarrasser du couteau. Dumarest en profita pour agripper des deux mains la hampe de la lance, toujours coincée dans la gorge du sannak. De toutes ses forces, il s'arc-bouta sur le manche, exerçant une pression vers le haut pour obliger la bête à ouvrir la gueule et dégager sa jambe. Sous l'effort, ses traits se crispèrent et son visage se couvrit de perles de sueur qui embuaient ses yeux. Tout reposait sur la tige de bois sur laquelle s'acharnait la bête. Et sur la force et la détermination de Dumarest.

L'horloge sonna mais personne n'y prêta la

moindre attention. La foule était devenue silencieuse, fixant l'arène, attendant, parfaitement consciente que la vie de Dumarest ne tenait plus qu'à un fil. Lorsque le poignard tomba, le silence fut brisé par un soupir de soulagement qui se mua en cri de victoire quand la botte se retira d'entre les mâchoires. Une véritable ovation s'éleva dans l'assistance lorsque Dumarest, relâchant la hampe de bois, sauta en arrière, évita l'attaque du sannak et plongea en direction du poignard.

Sa seule arme, puisque la lance s'était brisée au moment précis où il avait réussi à extirper sa jambe.

— Earl ! (Ellain se leva en criant le nom qu'elle avait entendu prononcer par le gros homme.) Earl ! Mon champion ! Il faut que tu gagnes !

Dumarest entendit le cri mais l'ignora comme il avait fait pour les autres. Il détourna la tête pour éviter une pluie de grains expédiés par la queue fouettant le sable. C'est alors qu'il aperçut une flamme écarlate brillante dans les gradins, qu'il discerna le visage pâle qui se trouvait dessous, la peau presque translucide, la bouche généreuse et les lacs d'émeraude des yeux.

Kalin !

Cela ne dura que l'espace d'un instant fugitif puis il se retrouva face au sannak, le poignard bien en main et les pieds campés dans le sable. Il vit le monstre se retourner, ses mâchoires s'ouvrir et mordre l'air lorsqu'il chargea.

Dumarest décida d'attendre que la bête se fatigue et ralentisse le rythme de ses assauts pour se jeter sur elle pour lui infliger le maximum de blessures possible.

Un plan qui tomba à l'eau à la seconde où, sautant pour éviter la charge de l'animal, il sentit son pied glisser et sa cheville lâcher. Puis il reçut un coup de queue qui l'envoya s'écraser contre le mur d'enceinte. Des étoiles explosèrent dans son champ de vision, suivies par l'apparition d'une douleur intense puis par une chute dans des ténèbres sans fin.

CHAPITRE IV

L'éveil le tira lentement d'un rêve douloureux ressemblant à un passage en Bas, là où il y avait toute chance de mourir dans un sarcophage à bestiaux. Dumarest se vit entouré d'une pléthore de visages indistincts dont l'un se figea plus longtemps que les autres. Un fantôme à la chevelure écarlate dont la vue avait failli lui coûter la vie.

L'avait-il vraiment vu ce fantôme ?

Était-il possible que Kalin soit toujours en vie ?

Il se retourna en marmonnant, revivant de vieux souvenirs et d'anciennes douleurs. Revoyant la femme merveilleuse qu'il avait connue. Depuis bien longtemps disparue, elle ne lui avait laissé comme cadeau qu'un secret volé au Cyclan. La raison pour laquelle celui-ci le traquait inlassablement d'un monde à l'autre. La clé qui leur aurait donné la domination de la galaxie toute entière :

— Dumarest ! fit une voix assourdie. Earl Dumarest !

La voix surgissait sur un fond sonore de bruits familiers et rassurants. Il sentit quelque chose contre sa lèvre supérieure et une odeur piquante lui assaillit les narines.

— Dumarest ! Réveillez-vous, mon vieux ! Réveillez-vous ! Vous m'entendez ? Répondez-moi !

— Je vous entends. (Dumarest ouvrit les yeux et découvrit le visage d'un jeune docteur que, visiblement, le temps n'avait pas encore dépossédé de son envie d'aider l'humanité.) Depuis quand suis-je là, docteur ?

— Bizarre, répondit l'autre. J'aurais pourtant parié que vous m'auriez d'abord demandé où vous étiez...

— Je sais où je suis. Sur Harge. Et ceci est un hôpital. Alors, depuis quand ?

— Une journée. L'examen et le diagnostic ont pris une heure. Puis vous avez eu deux heures de ralentisseur temporel et le reste en sommeil artificiel. Comment vous sentez-vous ?

— J'ai faim. (C'était à prévoir : les deux heures sous ralentisseur temporel avaient accéléré son métabolisme en lui faisant vivre plusieurs jours en temps subjectif.) Glucose ? demanda Dumarest en voyant les marques d'intraveineuses sur ses poignets.

— Ça et d'autres choses. Vous avez eu quelques côtes fêlées, de nombreuses contusions, une légère commotion, des déchirements musculaires et des ligaments abîmés. J'ai également diagnostiqué un traumatisme au niveau des reins, mais sans gravité. Je vous ai fait un traitement de choc pour que vos côtes puissent se ressouder rapidement et vos reins fonctionnent normalement maintenant. Un peu de repos et ça ira.

— Comment suis-je arrivé ici ?

— Amené par des brancardiers, je pense. Le truc habituel. Je ne vous ai vu qu'après votre arrivée. Asseyez-vous au bord du lit. Vous avez le vertige ? Penchez votre tête jusqu'entre vos genoux et ça va passer. Ça va, maintenant ?

Dumarest hocha la tête. Il avait toujours un peu la nausée mais ses vertiges avaient disparu. Il regarda les instruments qui l'entouraient.

— Tenez-vous tranquille, dit le docteur. On va faire un dernier petit check-up. Regardez à droite... A gauche... En l'air... En bas... C'est bon.

Il prit un petit récipient sur une table toute proche et l'ouvrit. Dumarest en vida le contenu dans sa bouche et vit que c'était du basique, la nourriture de base de tous les astronautes.

— Merci, fit Dumarest. Où sont mes vêtements et mon couteau ?

— Dans le placard. (Le docteur eut un regard appuyé pour le torse nu couvert de vieilles cicatrices.) Souvenez-vous de ce que je vous ai dit et prenez un peu de repos. Présentez cette carte à la réception avant de sortir. N'oubliez pas de le faire car les gardes sont nerveux.

— Et le règlement des soins ?

— Je ne m'en occupe pas, répondit le docteur avec un haussement d'épaules. C'est l'affaire de la réception.

Elle se trouvait au bout d'un long couloir. Derrière le comptoir, il y avait la console du terminal de l'ordinateur qui gérait l'ensemble de l'hôpital. D'un pas tranquille, Dumarest dépassa la salle d'accueil et se dirigea vers les deux gardes surveillant la porte de sortie.

— Votre laissez-passer ? (Le garde regarda la carte donnée par le docteur.) Ceci n'est pas un laissez-passer. Retournez en chercher un au bureau.

La main prête à tirer son arme, il ne quitta pas Dumarest des yeux pendant que celui-ci obéissait. Si la femme au visage dur avait remarqué l'incident, elle ne fit aucun commentaire. Elle inséra la carte dans une fente, pianota sur un clavier puis arracha un bordereau d'une imprimante, qu'elle attacha à un dossier avant de pousser le tout devant Dumarest.

— Signez sur la ligne du bas, s'il vous plaît. Merci. Voici votre laissez-passer.

— C'est tout ?

Dumarest prit le bout de papier jaune et fit mine de s'étonner de n'avoir pas de note à régler.

— Tout a été payé, monsieur.

— Et par qui ?

— Je ne suis pas autorisée à le dire. Un ami vous attend dans la salle extérieure, ajouta-t-elle d'un ton uni.

La pièce était plus grande que le hall de réception et ses rangées de bancs étaient occupées par des gens attendant une aide médicale. Il y avait, parmi d'autres, une femme à la joue cautérisée, un homme dont la main était brisée, un gosse au visage couvert d'affreux ulcères. Il y avait aussi tout un alignement de mendiants dont l'un avait un morceau de boîte crânienne remplacé par une plaque transparente qui laissait voir une partie de son cerveau. Il tenait un bol ébréché dans ses mains tremblantes. Une bande attachée autour de son cou affichait : Par pitié, aidez cet homme. Le bol était vide.

— Earl ! (Kemmer se tenait près de la porte de sortie et lui fit signe de la main.) Ça fait plaisir de vous revoir. Comment ça va ?

— Bien, merci.

— Vous avez faim ? Il y a un endroit, tout près d'ici, où on peut manger un ragoût décent. Et pas trop cher pour le coin. Non ?

— Non.

La nourriture pouvait attendre. Dumarest sortit. De l'autre côté, il découvrit d'autres sièges et des machines à diagnostic fournies par l'hôpital, ainsi que des distributeurs de médicaments, le tout fonctionnant avec des pièces. Dumarest dénicha un banc libre et s'assit.

— Que s'est-il passé ? demanda-t-il au marchand.

— Vous aviez mis la foule de votre côté, répondit Kemmer sans détour. Et quand vous êtes tombé, tout le monde a crié pour que vous ayez la vie sauve. Vous aviez déjà tenu dix minutes et fourni un bon spectacle. Donc, ils n'ont pas voulu que vous soyez tué... tout au moins sans pouvoir vous battre.

Et on l'avait emmené hors de l'arène...

— C'est vous qui avez payé l'hôpital ?

— Et comment j'aurais fait ? répondit Kemmer en écartant les mains. Vous aviez perdu, Earl. Nous avons tous perdu, ajouta-t-il d'une voix lugubre. L'argent que Carl avait soutiré à Matpius, celui qu'on avait gagné en pariant, celui qu'on avait au départ. Tout... (L'œil sombre, il se tut un instant, puis ajouta :) Et ici, il ne vous ont rien dit ?

— Non. (C'était un problème qui pouvait attendre.) Où est Carl ? (Il fronça les sourcils en entendant la réponse.) En prison ? Et pourquoi ça, bon sang ?

— Ça s'est passé quand vous êtes tombé, expliqua Kemmer. La foule était avec vous mais le sannak voulait vous bouffer. Alors, Carl a sauté dans l'arène et s'est servi d'un laser camouflé... Vous savez comme sont tous ces mercenaires, hein ? Ils se sentent nus sans arme. Il a touché la bête mais n'a pas réussi à échapper aux gardes. Il a été condamné pour port d'arme illégal et doit payer mille krens d'amende.

Le prix d'une vie humaine dans l'esprit de Matpius. Plissant les yeux, Dumarest imagina le vieux mercenaire en train d'affronter la bête avec un tout petit laser à peine capable de lui roussir les écailles.

— Il faut que nous le sortions de là, dit-il. Vous avez de l'argent ?

— Seulement quelques pièces. Assez pour un repas ou deux mais pas plus. (Il vit le regard de Dumarest.) Earl, je vous le jure, c'est la vérité !

— Allons voir Carl, dit Dumarest.

La prison se trouvait au bout d'un couloir obscur aux murs polis. A l'intérieur, un bureau faisait face à un demi-cercle de portes numérotées, toutes percées par une petite grille, derrière lesquelles des visages apparurent à leur arrivée. Comme dans toutes les prisons, l'atmosphère était imprégnée d'un mélange d'odeurs d'urine, d'excréments, de sueur, d'air croupi et de désinfectant.

— Santis ? (Le fonctionnaire de garde vérifia sa liste.) Numéro 18. Vous venez payer son amende ?

— Pas encore, répondit Dumarest. Quel est sa situation ?

— Étrangers, hein ? (Le fonctionnaire avait les yeux froids d'un serpent.) Il a cinq jours pour trouver l'argent, débita-t-il au bout d'un long moment. Passé ce délai, les intérêts vont commencer à courir et il devra rembourser l'amende, les agios plus le prix de son séjour ici. Sa dette pourra également être vendue au plus offrant dans une vente aux enchères. Pour être libre, il faudra qu'il s'en acquitte, ainsi que des intérêts accumulés.

— A quel taux ?

— Dix pour cent.

— Par an ?

— Non, par mois. Le taux standard. (Le fonctionnaire appuya sur un bouton et un garde apparut bientôt.) On va vous reconduire.

— Un instant, fit Dumarest. Qu'est devenue son arme ?

— Elle a été confisquée.

Une fois dehors, Dumarest se retourna vers Kemmer qui était en train d'inspirer profondément.

— Allons voir Marta Caine.

*
**

Elle n'avait pas gagné grand-chose à la roulette. La martingale qui avait tant réussi à Corcyra, un homme qui avait beaucoup compté dans sa vie, ne fonctionnait pas très bien.

— Faites vos jeux ! dit le croupier, la main posée sur la roulette. Faites vos jeux !

La balle rebondit et finit par s'immobiliser. Avec un soupir de soulagement, elle ramassa ses gains et quitta la table. Ce n'était pas avec ça qu'elle irait reprendre son bracelet, sa bague et ses boucles d'oreille qu'elle avait mis en gage chez un bijoutier.

— Marta ! (Kemmer se dirigeait vers elle.) Ma chère Marta, quel plaisir de vous rencontrer !

— Est-ce vraiment par hasard, Maurice, rétorqua-t-elle d'une voix acide.

— Non, admit-il sans détour. Je vous cherchais. Earl est en bas de l'escalier. Comme vous n'étiez pas chez vous, nous avons fait un tour dans les environs.

— Et vous m'avez trouvée. (Elle s'écarta de la table pour se diriger vers une alcôve plongée dans une demi-obscurité et dissimulant un distributeur de boissons.) Si vous n'achetez pas un verre, dit-elle en insérant une pièce dans la machine, vous allez être expulsé. Vous avez de l'argent ?

— Pas assez pour ce genre de luxe. Si on marchait un peu ?

Cela, au moins, c'était gratuit. Mais les parties de roulette avaient épuisé Marta et elle n'était pas d'humeur à se balader pendant qu'il lui tiendrait le crachoir. Ni à faire preuve de charité. Pourtant, quand elle vit s'approcher un surveillant, elle tendit une pièce au marchand. A sa grande surprise, il la repoussa.

— Je ne suis pas ici pour demander l'aumône.

— Alors, qu'est-ce que vous voulez ?

— Earl va vous l'expliquer. D'ailleurs, le voilà, ajouta-t-il en regardant par-dessus l'épaule de la femme.

Dumarest portait un paquet sous le bras. Il le déposa sur la table et mit des pièces dans le distributeur. Le surveillant tourna les talons en le voyant poser les boissons à côté du paquet.

— Vous lui avez dit ? demanda-t-il à Kemmer.

— Non.

— Dit quoi ? (Marta les regarda l'un après l'autre.) Bon sang, qu'est-ce que vous voulez ?

— De l'argent, répondit directement Dumarest. Carl est en prison et je veux l'en sortir. Vous pouvez m'y aider. Et ne vous en faites pas, vous ne perdrez rien à le faire...

— Je l'espère bien !

— En fait, corrigea-t-il, je voulais dire que vous n'y perdrez rien si vous coopérez avec nous. (Il effleura puis tapota le paquet.) Maurice vous a-t-il dit que nous étions allés chez vous ? Et que votre porte...

— Qu'est-ce que...

— Rien. (Le sourire de Dumarest ressembla à un masque.) C'est une bonne porte bien renforcée. Et avec une serrure à empreinte digitale. En principe, elles sont sûres mais il faut toujours les fermer soigneusement, et même dans ce cas, il existe des moyens pour... (Il se tut, tapota à nouveau son paquet puis jeta un coup d'œil aux tables de jeu.) Vous avez eu de la chance ?

— Ça, c'est mes oignons.

— Je vous demandais ça juste comme ça. (Dumarest but une gorgée.) Vous savez, Marta, nous sommes tous dans le même pétrin. Nous devons tous trouver un moyen de survivre en attendant d'avoir assez d'argent pour nous payer un passage sur le prochain vaisseau. Carl n'a pas eu de chance. Un peu comme vous, dans un sens. Mais si vous prêtez à Carl de quoi sortir de prison, non seulement vous gagnerez un ami mais aussi une source de revenus. Ça vous intéresse ?

— J'ai déjà une source de revenus.

— Les tables de jeu ? fit Dumarest avec un haussement d'épaules. C'est une voie sans issue. N'avez-vous pas encore appris la seule vérité incontournable en matière de jeu ? Celle qui veut que plus on a besoin d'argent, moins ça arrive ?

— Il y a des...

— Oui, je sais. On a tous entendu parler d'un homme qui a parié tout ce qu'il avait sur un jet de dé, qui a gagné, qui a remis ça, et ainsi de suite jusqu'à ce qu'il ait assez d'argent pour s'acheter un monde entier. Ça arrive de temps à autre, c'est vrai. Mais ces gens-là ont un talent particulier, une sorte d'intuition extraordinaire. Et puis, n'oubliez pas que c'est toujours la maison qui gagne en fin de compte...

— C'est possible.

— Moi, je vous offre une rentrée d'argent certaine.

— Ça ne m'intéresse pas, répondit-elle froidement.

— Dommage. (Dumarest but la moitié de son verre et sa main se referma sur le paquet.) J'étais en train de penser à votre joyau chantant. Utilisé correctement, il pourrait faire fureur ici. Dans des soirées privées, par exemple, auxquelles il pourrait ajouter une dimension nouvelle. Bien sûr, il vous faudrait des gardes pour le protéger. Un objet de ce genre pourrait susciter bien des convoitises et atteindre un prix très élevé vendu là où il faut. A condition, évidemment, qu'il ne soit pas volé avant... Vous voyez ce que je veux dire ?

— Salopard ! (Elle regarda le paquet de la même taille que l'écrin du joyau puis se souvint de ce qu'il avait dit concernant la porte et sur son système de fermeture.) Mon joyau ! Vous me l'avez volé !

— Carl pourrait être un des gardes. Maurice également. Vous ne craindriez alors plus rien. Et vous pourriez trouver un agent pour s'occuper de dénicher des clients. Mais si vous ne voulez pas utiliser le joyau, je trouverai bien un autre moyen. (Il se leva et prit le paquet.) Restez avec elle, Maurice. Et empêchez-la d'alerter les surveillants tant que je ne serai pas loin d'ici.

— Non ! (La pensée de perdre son joyau la rendait malade.) Voleur ! Vous ne pouvez pas...

Il le ferait, c'était inscrit sur son visage subitement dur et dont la bouche n'était plus qu'une fine ligne cruelle. Un animal combattant dans une forme de jungle qui lui était familière. Et, une fois vendu, le joyau serait perdu à jamais. Sa plainte serait ignorée par la police. Qui perdrait du temps pour une étrangère ?

— Un prêt, souffla Kemmer. Par Dieu, Marta, ce n'est qu'un prêt qu'on vous demande !

Un tas de jetons convertibles en argent contre son joyau.

— Et maintenant, rendez-moi mon joyau ! s'exclama-t-elle une fois que Kemmer eut disparu avec les jetons.

— Il est en sécurité, Marta, dit Dumarest en

montrant la boîte en carton qui était dissimulée dans le paquet. Il n'a jamais quitté votre appartement.

Elle s'était fait avoir comme une gamine stupide ! Ses propres peurs s'étaient retournées contre elle. Elle fixa le verre que Dumarest venait de lui mettre dans la main.

— Buvez ça. Vous vous sentirez mieux après.

— Vous m'avez roulée !

— Non, rectifia-t-il, je vous ai convaincue.

— Vous m'avez eue. Comme un spécialiste ! (La boisson la calma un peu.) Tout ça pour un vieux mercenaire. Pourquoi ? Qu'est-il pour vous ?

— Il m'a sauvé la vie. (Dumarest sortit d'autres pièces en voyant revenir le surveillant.) Buvez encore un verre et je vous ramènerai ensuite chez vous.

CHAPITRE V

La journée avait mal commencé : la nouvelle femme de chambre lui avait brisé un flacon de parfum hors de prix. Vers midi, une tempête avait failli se lever mais les tourbillons de poussière étaient retombés au bout d'une heure. Malgré tout, la tension avait poussé Ellain vers un casino où elle avait perdu beaucoup trop d'argent et où elle avait bu plus que de raison, en tout cas trop pour ne pas mettre en danger la pureté de sa voix. Et maintenant, il y avait ça !

— Annulé ? (Ellain fixa le visage sur l'écran.) Vous voulez dire qu'on ne veut pas de moi ?

— Bien sûr que non ! sourit Dell Chuba. C'est juste que le jeune Tage Helbrane a entendu parler d'une nouveauté et a décidé qu'elle divertirait plus ses invités que vous-même. Un caprice, bien entendu. Vous savez comment sont les jeunes. Une fois que leur curiosité sera satisfaite, vous retrouverez leur faveur…

— Un joyau chantant ? s'exclama-t-elle une fois que l'agent lui eut donné des précisions. Vous en êtes sûr ?

Il l'était et elle dut accepter sa défaite avec la perte financière que cela impliquait, un simple manque à gagner pour l'instant mais qui risquait de déboucher sur un véritable fiasco à long terme au fur et à mesure que se propagerait la nouvelle de l'existence de cet objet. Et il fallait que ça arrive juste au moment où il y avait du tirage entre Yunus et elle !

La femme de chambre avait préparé son bain et elle s'y laissa couler avec irritation. Un joyau chantant ! Avant ça, on avait eu droit à un harpiste exceptionnel avec sept doigts à chaque main. Qui avait remplacé une danseuse souple comme un serpent et ainsi de suite.

Plus tard, alors que la servante l'aidait à s'habiller, Ellain s'observa dans le miroir. Elle se trouva toujours aussi attirante et toujours aussi jeune. Apparemment du moins, car elle détecta certaines rides, encore discrètes, au coin de ses yeux, sur ses joues, sur son menton et sur ses lèvres.

— Vous avez de bien beaux cheveux, madame, dit la servante en caressant les mèches épaisses séparées par la brosse. Je vous coiffe comment ?

— Simplement. (Elle n'avait plus besoin d'une coiffure sophistiquée maintenant que son rendez-vous avait été annulé.) Un chignon fera l'affaire.

— Et la robe ?

— Pas de robe. Juste un pantalon et une tunique. Avec un capuchon, décida-t-elle soudain. Quelque chose d'adapté au Stril.

A défaut d'assurer un spectacle, elle irait voir ce que les autres faisaient dans les baraques ou même dans l'arène. Et, qui sait, une aventure serait peut-être au rendez-vous.

Il était encore tôt mais, dans cette zone, il régnait une agitation et une activité permanentes. Le battement des tambours se mélangeait au gémissement des flûtes et aux boniments des bateleurs ; là des serpents se mouvaient sur un corps nu et maquillé ; un peu plus loin il y avait un mangeur de feu ; plus loin encore une espèce de fakir s'enfonçait des tiges métalliques dans le corps à côté d'une jongleuse acrobatique…

Devant une baraque, un homme lançait des couteaux.

Il était grand, masqué et torse nu. Sa poitrine portait la trace de vilaines blessures rougeâtres. Sa cible était une jeune fille aux cheveux noirs vêtue d'une robe retenue par des fils aux épaules et sur les côtés. Elle se tenait devant un panneau de bois. Les couteaux s'envolèrent au son d'une cymbale et tranchèrent un à un les fils du vêtement pour révéler petit à petit la totalité d'un corps velouté et harmonieux que masquait le bout de tissu.

Ellain regardait le spectacle et sentait monter en elle une sorte de fascination. Quelle émotion éprouverait-elle en face d'un homme armé de lames aiguisées comme des rasoirs ? Quelle sensation en entendant le sifflement et le bruit sec de la pointe s'enfonçant dans le bois ? Quelle douleur si le couteau se plantait trop près en entaillant la peau ? La fille avait-elle déjà été blessée ? Est-ce que d'autres étaient mortes avant elle ?

— C'est juste un échantillon ! rugit l'aboyeur. Entrez pour en voir plus ! Venez voir la fille nue affronter la mort dans une cage d'acier ! Venez voir comment s'entraîne un combattant. Tentez votre chance sans risque face à un champion. Apprenez à lancer le couteau avec un homme vivant en guise de cible ! Touchez-le et vous gagnez cent krens ! Allez ! Allez ! Allez !

Cédant à un caprice, Ellain se joignit à la foule qui se précipitait pour acheter un billet à une femme qui devait être la mère de la fille qui servait de cible. La salle fut vite remplie et la fille, rhabillée, revint sur scène s'adosser contre le panneau de bois, suivie par l'homme masqué. Il y eut un coup de cymbales et le spectacle commença.

Le propriétaire observait tout ça avec satisfaction. Les affaires tournaient bien et iraient de mieux en mieux au fur et à mesure que fonctionnerait le bouche à oreille et que les jeunes viendraient tenter leur chance. Il avait fait preuve de sagesse. Dumarest était tout à fait à la hauteur de ce qu'il avait prétendu être. Les lanceurs de couteaux étaient loin d'être rares sur le marché mais, lui, il avait su ajouter un piment original à ce spectacle en s'offrant lui-même comme cible. Un vrai suicide au premier abord. Et pourtant, personne n'avait encore réussi à le toucher. Ses blessures n'étaient qu'un maquillage destiné à attirer le gogo.

Et à vingt krens l'essai, bien peu résistaient à la tentation…

Il y eut un nouveau coup de cymbales. Gillian sortit du cercle de couteaux, nue, indemne et souriante. Une bonne fille, aussi chère à son cœur qu'à celui de sa mère. Une fille courageuse mais qui, il en avait bien peur, éprouvait plus qu'un simple intérêt pour la nouvelle attraction. Une situation qui pourrait poser des problèmes si on n'y faisait pas attention. Cela dit, l'argent rentrait…

Le propriétaire s'avança pour annoncer la suite de la représentation puis disparut pour laisser Dumarest montrer comment on lançait le couteau. Pendant ce temps-là, l'homme passa dans la foule pour vendre des billets. Dans le Stril, le temps était synonyme d'argent. Les spectacles devaient y être courts, excitants et terminés avec netteté. Une fois que les parieurs étaient plumés, il fallait qu'ils débarrassent le plancher pour faire de la place aux autres.

Un coup de cymbale annonça la dernière partie du spectacle. Dumarest prit une courte barre de fer dans chaque main et se tint le dos contre un rideau de tissu. Il fit face à la foule et Ellain discerna au travers des trous du masque l'étincelle qui traversa son regard lorsqu'il la vit. La tunique qu'elle portait était de la couleur de ses cheveux dissimulés par le capuchon.

— Et maintenant, s'écria le propriétaire, vous avez une chance de blesser cet homme, ou de le tuer, et de ramasser cent krens ! Allez, à vous, monsieur !

Un heune homme s'avança, tremblant d'excitation. Dumarest évita sans problème son couteau en sautant de côté.

— Et vous, monsieur. Et vous. Et vous. (Le propriétaire distribuait les poignards.) Un à la fois, mais faites vite !

Un gros type, l'air confiant, lança son arme. Dumarest l'intercepta avec une des barres métalliques. Un autre poignard, après avoir été, lui aussi, détourné, alla se ficher dans le parquet. D'autres tireurs tentèrent leur chance, une douzaine, puis une vingtaine et, alors que certains hurlaient pour avoir une seconde chance, le propriétaire intervint pour stopper le jeu.

— Voilà, mesdames et messieurs, le spectacle est terminé. La direction vous remercie de votre participation et vous prie d'évacuer la salle. Pour ceux et celles qui souhaiteraient tenter le coup encore une fois, la prochaine représentation commencera dans quelques minutes. N'hésitez pas à revenir nombreux pour assister au numéro de lancer de couteaux le plus sensationnel du monde !

Ellain s'attarda et s'approcha de Dumarest qui la fixait.

— La femme qui vend les tickets aura un billet pour vous.

Un billet rédigé sur une feuille achetée à un commerçant et scellée avec de la cire parfumée. Ellain glissa des pièces dans la main de la femme du guichet et eut la certitude que l'homme serait à minuit devant sa porte.

***

Ellain coupa la musique en entendant sonner à la porte. Elle vérifia l'identité de son visiteur avant d'ouvrir et de rester immobile, auréolée par la lumière intérieure de l'appartement.

— Eh bien ! s'exclama-t-elle en reculant pour échapper aux mains de Dumarest. Quelle impétuosité ! Mais, au moins, vous êtes à l'heure.

Dumarest la suivit dans la pièce, ennuyé par sa propre réaction. Avait-il été subjugué par le jeu de lumière sur la cascade de cheveux ramenés en une natte unique sur l'épaule ? Par la tunique dorée qui s'arrêtait à mi-cuisse pour laisser les jambes bien en vue ? Une coïncidence. Ce ne pouvait être que ça. Et pourtant, il ne put s'empêcher de lui poser la question :

— Ne seriez-vous pas née sur Solis ?

— Solis ? (Elle secoua la tête en souriant.) Non. Pourquoi me demandez-vous ça ?

— Vous ressemblez à quelqu'un que j'ai connu et qui vivait là-bas. La couleur de vos cheveux est un trait particulier des habitants de ce monde.

— Vous l'aimez ? demanda-t-elle en tournant sur elle-même. J'en suis ravie. Je viens de Nyadoma. Et vous ?

— De la Terre.

— De la Terre ? C'est étrange, ajouta-t-elle, surprise, j'ai un ami qui m'en a parlé un jour.

— Cet ami... fit doucement Dumarest, pourrais-je le rencontrer ?

— Pourquoi pas ? Mais il ne faisait peut-être que plaisanter. C'est un nom bizarre pour une planète... Bon, laissons tout ça de côté, maintenant. Vous voulez du vin ?

Elle n'attendit pas sa réponse et lui servit un verre à demi rempli d'un liquide couleur sang. Tout en buvant le sien, elle étudiait Dumarest. Elle en était sûre maintenant : le lanceur de poignards et l'homme qui avait combattu le sannak ne faisaient qu'un.

Elle eut un sourire.

— Je savais que j'avais raison. Mais qu'est-ce qui a bien pu pousser un combattant comme vous à gaspiller son talent dans une baraque foraine ? L'argent ? Vous avez un pourcentage sur les paris ? (Il acquiesça.) Et la fille ? Vous la partagez, elle aussi ? (Elle haussa les épaules en voyant qu'il refusait de répondre.) Vous pourriez faire mieux, Earl. Vraiment mieux...

Peut-être pourrait-elle l'aider. Son billet avait laissé entendre qu'il y avait pour lui une possibilité de gagner de l'argent. Un appât parfait pour attirer un homme désespéré. Car il fallait être désespéré pour risquer sa vie en affrontant des lanceurs de poignards plus ou moins habiles.

— Vous êtes en train d'essayer de gagner la

mise pour pouvoir retourner dans l'arène. Voilà pourquoi vous portez un masque pour cacher votre identité. Mais ça ne marchera pas. On vous connaît maintenant et pas un homme sain d'esprit n'osera se mesurer à vous. En outre, personne ne pariera contre vous. C'est un des handicaps des mondes trop petits...

— Ce n'est pas le pire, répliqua sèchement Dumarest.

— C'est vrai. (Elle but en se disant qu'il aurait mieux fait de se taire, même si cela créait un lien entre eux.) Les dettes. Sur Harge, c'est la route vers l'enfer. Je suis arrivée ici en croyant que je ferais fortune avec ma voix. Et j'ai commis une autre erreur en ne repartant pas alors que je le pouvais. Avez-vous une idée de la vitesse à laquelle grossissent les dettes ici ?

— Elles doublent tous les sept mois et triplent tous les ans.

— Tout ce que je gagne parvient juste à payer les intérêts sur ce que je dois. Et tant que je n'aurai pas tout remboursé, je serai clouée ici ! (Sa voix changea soudainement.) A moins, bien sûr, que je trouve quelqu'un pour m'aider... Quelqu'un comme vous.

— Vous aider ?

— Ce serait une aide réciproque, s'empressa-t-elle d'ajouter.

Dumarest ne répondit rien et scruta l'appartement rempli d'objets et de meubles de prix. Elle devina qu'il la prenait pour une menteuse.

— Je ne suis pas ici chez moi, Earl. Cet appartement appartient à Yunus Ambalo. Un membre des Cinq. Les familles qui possèdent Harge. Yunus me traite comme sa chose et ça ne me plaît pas du tout !

— Vous n'avez qu'à partir, dit Dumarest.

Une vérité dure à digérer. Ellain songea aux autres possibilités qu'elle avait et répondit d'une voix mal assurée :

— Ce n'est pas aussi simple que ça. Yunus est le propriétaire de ma dette et pourrait se montrer vindicatif. Tant qu'elle n'est pas remboursée... (Elle se tut en secouant la tête et chercha la carafe.) C'est d'une aide dont j'ai besoin, Earl, pas d'un sermon.

— Et vous croyez que je pourrai vous aider ?

— J'en suis sûre. (Elle s'approcha de lui, le poussa vers le lit et vint s'asseoir contre lui.) Je vous ai vu combattre dans l'arène et Yunus lui-même a été forcé d'admettre que vous étiez largement au-dessus de la moyenne. Vous êtes rapide, fort et intelligent.

— Ce qui ne m'a pas empêché de perdre.

— Parce qu'il s'est produit quelque chose d'inattendu. Je me rappelle que vous m'avez fixée juste avant d'être terrassé. Suis-je la cause de votre défaite ? (Un sourire sensuel s'afficha sur ses lèvres.) Ma beauté vous a-t-elle frappé à ce point-là ? Dites-le, Earl. Même si ce n'est pas tout à fait la vérité, ça me fera plaisir de vous l'entendre dire.

Elle se comportait comme une enfant, sans en être une. La seule ressemblance qu'elle avait avec Kalin était ses cheveux. C'était une femme qui avait eu la vie dure et qui commençait à être marquée par le passage du temps.

— Vous êtes très belle, mentit Dumarest.

Elle sourit alors, se détendit et parut subitement plus belle. Et il discerna dans ses yeux le genre de lueur qu'il avait si souvent lu dans ceux des femmes lorsque, vainqueur, il quittait le ring.

— Earl, quel homme vous faites ! dit-elle en le caressant du bout des doigts. Vous êtes si merveilleusement primitif, si animal... (Sa voix se fit plus rauque lorsqu'elle s'approcha encore plus près de lui.) Vous est-il arrivé souvent de tuer ? Dites-moi ce que ça fait de tuer.

Elle voulait qu'il lui stimule l'imagination avec des histoires pleines de sang et de douleur, de combats et de blessures. Qu'il déclenche en elle des pulsions sexuelles qui en feraient la victime consentante d'un genre de domination vieux comme le monde.

— C'est ça que vous voulez ? fit-il. Que je tue Yunus Ambalo ?

— Quoi ? (La suggestion était aussi effrayante qu'attirante... Yunus gisant sur le sol, mort, écorché, sanglant... quelle folie !) Non ! Bien sûr que non !

— Je me suis trompé, je m'excuse.

— Vous faites bien. C'était une suggestion complètement folle ! (Sa voix s'adoucit tout à coup.) Vous le feriez si je vous le demandais ?

— Non, répondit carrément Dumarest. Je ne suis pas stupide à ce point-là. Tuer un membre des Cinq est un bon ticket pour une mort particulièrement horrible...

— Encore plus horrible que vous ne l'imaginez. Et ça ne servirait à rien. Ses ayants droit hériteraient de ma dette et je ne serais toujours pas libre. (Ses doigts reprirent leurs caresses.) Pourquoi ne buvez-vous pas ? Le vin n'est pas à votre goût ?

Dumarest but une gorgée, la garda dans sa bouche pour mieux la goûter en se demandant ce qu'elle avait bien pu y ajouter.

— Quel homme soupçonneux vous faites, Earl ! On dirait que vous craignez que je vous drogue pour vous conduire jusqu'à mon lit ! Cela vous est-il si souvent arrivé ? Et suis-je donc si vieille et si laide pour avoir recours à ce genre de subterfuge ? ajouta-t-elle avec un rire de gorge. (Elle se leva et redressa son corps aux courbes avantageuses.) Voulez-vous que je chante pour vous ? Cela vous plairait-il ?

Sans attendre sa réponse, elle se précipita vers son appareil, changea d'enregistrement. Une musique primitive s'éleva dans la pièce. Dumarest sentit subitement son corps répondre à l'appel de celui de la femme.

— C'est pour avoir un public que vous m'avez demandé de venir ici ? lui demanda-t-il sans détour sitôt que la musique s'arrêta.

— Que voulez-vous dire ? Vous n'avez pas aimé ?

— Madame, je dirai au contraire que j'ai trop apprécié votre talent. Auquel je bois, d'ailleurs.

Il vida délibérément son verre. Se montrer plus longtemps désagréable avec elle serait de la stupidité. Et même s'il n'était pas dupe de ses intentions, elle possédait deux atouts en main : elle pouvait lui offrir la possibilité de gagner de l'argent et elle avait un ami qui, d'après elle, avait des informations sur la Terre. Il ramena la conversation sur cet homme et demanda, d'un ton détaché, ce qu'il faisait dans la vie.

— C'est un chasseur, je crois. Il vous tarde donc tant que ça de le rencontrer ? (Elle lut la réponse dans ses yeux et découvrit l'avantage que cela lui procurait.) Je pourrais arranger ça.

— Quand ?

— Cette nuit, peut-être. Il se peut qu'il soit à la fête de Tariq Khalil. Il paraît qu'il y aura quelque chose de nouveau. (Son regard s'assombrit lorsqu'elle se souvint du camouflet qu'elle avait dû endurer.) Je devais y chanter mais on m'y acceptera sans problème comme invitée. Et vous pourriez être mon cavalier. Pourquoi pas ? (Elle sourit, sa colère déjà oubliée.) Faites comme chez vous, Earl, pendant que je me change.

La pièce était à l'image de son propriétaire : raffinée et, en même temps, corrompue par l'argent. Dumarest fit le tour du propriétaire et s'arrêta devant une statue représentant une femme en proie à une douleur apparemment sans nom. Une autre montrait un couple enlacé dont l'extase semblait confiner à la torture. Des cadeaux de Yunus ?

Il alla changer l'enregistrement musical puis s'approcha de la fenêtre blindée. Il appuya sur un bouton et le volet disparut.

Sous la lueur des étoiles amassées dans le firmament, le désert ressemblait à une mer d'argent gelée. Le vent s'était calmé et les dunes étaient nimbées d'une beauté d'autant plus magique qu'elle était éphémère et fragile, vouée à disparaître à la prochaine tempête. A la limite de l'horizon, une ligne de crêtes se découpait sur le fond du ciel.

— Les Collines de Goulten, dit Ellain. Avec le temps, elles finiront, elles aussi, par faire partie du désert.

Elle s'était approchée sans bruit de Dumarest. Un ruban retenait ses cheveux rouges contre son crâne presque sphérique. Son corps était enveloppé dans une robe au tissu épais et duveteux et son visage débarrassé de tout maquillage paraissait étonnamment jeune et innocent.

Un effet dû autant à la lumière argentée des étoiles qu'à une subite relaxation intérieure. Pour la première fois, Dumarest put la voir telle qu'elle était réellement : une enfant piégée dans un corps de femme et condamnée à vivre dans le monde éprouvant des adultes. Puis ses yeux se posèrent sur les statues. Non, ce n'était pas une enfant... Ou alors, une enfant habitée par une perversité enfantine étonnamment développée. Après tout, les visages des spectateurs dans les arènes pouvaient fort bien paraître jeunes et innocents à certains moments...

— Il lui arrive d'être réellement beau, murmura-t-elle en regardant le désert. Les tempêtes éclatent, le monde change et tout vibre sous la furie du vent. On a l'impression que c'est un être vivant en train de hurler et, avec un peu d'imagination, on pourrait même voir ses crocs et ses griffes tout déchiqueter sur leur passage. Une formidable et magnifique puissance destructrice...

— Du vent, dit Dumarest. Du sable et de la poussière. N'y a-t-il donc rien d'autre ici ?

— Non.

— Des animaux, au moins. (Dumarest se souvint du sannak.) Adaptés à ce milieu.

— Et des fantômes, ajouta Ellain. Ne jamais oublier les fantômes. Il m'arrive d'en rêver. Les spectres de ceux qui ont été anéantis par la tempête. Ou qui se sont si endettés qu'ils n'ont pu s'en tirer. Ou qui ont refusé de payer. Savez-vous ce qui leur arrive, Earl ? Les Cinq ont mis au point une technique infaillible pour s'en débarrasser...

Les condamnés étaient exposés sans protection aux vents de la tempête. Un assassinat légal, justifié par une certaine logique, mais un assassinat quand même.

— C'est pour ça que je veux quitter ce monde, dit Ellain. (Le volet blindé frotta contre la vitre en se remettant en place.) Parce que, parfois, je suis fascinée et horrifiée en même temps à l'idée de me retrouver dehors pendant une tempête. Seule, abandonnée. D'être dépecée vivante par le sable et transformée en quelque chose d'innommable. Mon Dieu, Earl, rien que d'y penser, ça me rend folle !

— Alors, n'y pensez pas !

— Être expulsée dehors et y attendre la mort. (Sa voix devint un cri.) Être... Earl ! Faites que ça n'arrive pas !

La gifle la fit se taire brusquement. Dumarest lui tendit un verre de vin.

— Buvez ça et calmez-vous. Personne n'a l'intention de vous exposer à la tempête.

Ce qui n'empêchait pas la menace d'exister. Un peu de vin coula sur son menton puis sa robe. Dumarest reprit le verre vide qu'elle lui tendit.

— Earl, je vous demande pardon.

— Et de quoi ?

— De m'être conduite comme une imbécile. Je n'étais pas venue pour faire l'intéressante mais en vous voyant, vous et le désert, je me suis prise à rêver, à espérer que vous puissiez me tirer de là... Est-ce trop vous demander ?

— Disons plutôt que vous n'en racontez pas assez, répliqua durement Dumarest. Si vous avez un plan, il serait temps de m'en parler, non ? J'ai besoin d'informations. Et je ne peux pas vous promettre de miracle...

— Mais au moins, essaierez-vous ? Earl, promettez-moi de ne pas m'oublier ?

— Je vous le promets. (Il maîtrisa son impatience : inutile de montrer à quel point il lui tardait de rencontrer son ami.) Ne devriez-vous pas aller plutôt vous préparer ?

Ellain recula pour se diriger vers la chambre. Au moment de passer la porte, elle se retourna et ouvrit sa robe. Comme Dumarest l'avait deviné, elle était nue en dessous.

— En fait, j'étais venu vous dire que vous pouviez vous servir de la douche si vous le désiriez. Ou même prendre un bain.

— Merci.

— Je pensais qu'après votre numéro... (Elle eut un geste explicite.) Et comme nous allions à une soirée... Bon, vous comprenez, hein ?

Il avait pris un bain avant de venir et il ne comprenait que trop bien. Mais il eut envie d'entrer dans son jeu, de se dévêtir et de se retrouver sous un jet d'eau parfumée, de se sécher puis d'aller dans la chambre. Pour découvrir qu'Ellain l'attendait. Il la prit dans ses bras. La robe tomba et la chair nue de la femme se pressa contre la sienne. Il sentit leur désir respectif et la porta sur le grand lit. Et là, il se souvient d'un autre lieu, d'un autre temps où l'incandescence rouge d'une autre chevelure n'avait pas réussi à brûler plus fort que le feu de sa propre passion.

CHAPITRE VI

L'appartement de Tariq se trouvait dans la Tour Khalil et des globes odoriférants flottaient dans l'air, exhalant des parfums capiteux à travers les pièces ; les vins étaient couleur d'arc-en-ciel ; les plats se succédaient, somptueux, sophistiqués ; certains d'entre eux étaient agités de curieux mouvements oscillatoires comme s'ils étaient animés d'une sorte de vie intérieure. Pour agrémenter la soirée, il y avait une acrobate, une danseuse, un illusionniste, un joueur de guitare aux doigts magiques et une femme vieillissante qui présentait un joyau chantant.

Le temps n'existait pas sur Harge et seule une fenêtre ouverte pouvait donner une idée du jour et de la nuit. La vie y suivait un cours régulier, les heures dévorant les heures dans une division des jours uniquement guidée par un sens pratique. Mais Marta Caine était toujours régie par son horloge biologique et elle était fatiguée.

Elle avait l'impression d'être envahie par une

crampe qui aurait pénétré jusqu'au plus profond de ses os. Elle s'assit, le dos au mur et l'écrin du joyau posé sur ses genoux. De l'autre côté du mur, la soirée continuait à vrombir sans discontinuer. Un bruit qui s'amplifia un court instant, le temps que la porte se referme.

— Marta ? (Kemmer se tenait devant elle, un verre de vin dans une main et une assiette de friandises dans l'autre.) Marta ? (Il sourit en la voyant ouvrir les yeux.) Buvez ce vin et mangez un peu. Ça vous aidera à reprendre du poil de la bête. Allez, venez. Je crois que ça va être bientôt à vous.

Elle fit un effort et goûta un peu d'alcool et de nourriture.

— Maurice, soyez gentil, allez chercher encore un peu de vin, fit Santis. C'est le joyau, hein ? ajouta-t-il lorsque le marchand fut sorti.

— Oui. (Marta souleva le couvercle.) Il donne beaucoup, murmura-t-elle, mais il prend tout autant... (La surface terne était douce sous ses doigts.) Sa beauté a besoin d'être nourrie...

Il lui fallait plus que de la lumière. Chaque fois qu'il chantait, il lui dérobait un peu de ses forces. C'était un symbiote qui avait besoin de pomper de l'énergie nerveuse pour être ensuite capable de créer une ambiance magique.

— Vous en avez trop fait, déclara le mercenaire. Trop de démonstrations d'un seul coup. Après celle-ci, vous devriez vous reposer quelques jours. J'en toucherai deux mots à Dell Chuba quand j'irai chercher votre cachet. (Il la regarda un instant, les yeux pleins de commisération, puis ajouta sur un ton volontairement familier :) Et maintenant, cassez un peu la croûte, ma chère. Ça vous fera du bien.

Elle se força à manger et l'assiette était presque vide lorsque Kemmer réapparut avec une carafe pleine.

— C'est du meilleur. Ils peuvent se le permettre. A mon avis, on n'en a plus pour longtemps à attendre.

— Comment est l'ambiance ?

— Comme d'habitude : bruit, conversations, danses. Au fait, ajouta-t-il l'air de rien, je viens d'apercevoir Dumarest avec la femme aux cheveux rouges qui criait dans l'arène. A la voir, elle ne doit pas manquer d'argent. Peut-être qu'Earl est en train d'essayer de récupérer une partie des cinq mille krens qu'elle nous a fait perdre ce soir-là.

— A moins qu'il soit simplement en train de profiter d'une bonne occasion...

— Possible, approuva le marchand. Prendre des contacts, savoir qui peut faire quoi... C'est déjà la moitié de la bataille de gagnée. Dès que vous serez connue, ma chère, montrez-vous au maximum et faites l'importante. Les gens veulent toujours posséder ce qu'ils croient avoir de la valeur.

— Earl devrait faire attention, dit Marta. Si cette femme a un amant riche, il pourrait prendre la mouche. Ce serait un jeu pour lui d'engager un assassin...

— Un risque, en effet, admit le mercenaire.

Mais la vie en est pleine et aucun homme ne peut tous les éviter.

C'était aussi vrai pour elle. Combien de temps lui restait-il avant qu'elle n'ait plus rien à transmettre au joyau? Et que se passerait-il alors?

Elle connaissait la réponse et la haïssait. Il lui faudrait céder le joyau à quelqu'un d'autre, le louer, lui trouver un support humain jeune et débordant d'énergie. Et pourtant, ce joyau faisait partie d'elle-même et l'idée qu'il passe ainsi dans des mains étrangères, comme une paire de chaussures éculées, lui était intolérable. Et que se passerait-il s'il en venait à préférer l'autre?

Elle écarta cette éventualité inquiétante comme elle l'avait toujours fait pour tout ce qui la gênait. Elle avait appris à le faire longtemps auparavant, à une époque où ce type d'angoisse l'aurait conduite directement à la folie. L'enseignement d'une vieille prostituée à une jeune collègue pour l'aider à survivre aux émotions sombres et malsaines qui hantaient la profession...

Mais que faisait Dumarest ici? Préparait-il un plan? La présence de la femme allait de soi et Marta ressentit l'espace d'un instant l'envie de jouir de l'étreinte qu'elle avait déjà dû connaître ou qu'elle allait connaître. Elle aussi, elle avait connu l'extase dans les bras d'un homme. Et elle pourrait le faire à nouveau si l'homme qu'il fallait se présentait à elle. Quelqu'un comme Corcyra ou Dumarest... Étrange comme ces deux êtres avaient de points communs.

— Marta ! (Elle sursauta lorsque Santis lui toucha l'épaule, subitement consciente qu'elle s'était assoupie.) Vous feriez mieux de vous refaire une beauté. On va vous appeler d'un moment à l'autre.

*
**

Alejandro Jwani était d'une constitution fine, de taille moyenne et avait un crâne pointu et chauve ainsi que de grandes oreilles. Ses petites mains se terminaient par des ongles manucurés et coupés net. Son vêtement était bariolé de taches de couleurs criardes aux poignets et au col : des éclairs jaune citron et écarlates tranchaient violemment sur le tissu d'un beau pourpre mat et profond. C'était le fameux ami d'Ellain. Et s'il savait quelque chose sur la Terre, il n'avait pas l'air de vouloir en parler.

— Ce nom m'avait intrigué, dit-il. Vous devriez goûter à ces délices exotiques, vous savez.

Dumarest regarda le plateau et choisit un cône apparemment innocent et couronné par une sorte de cristal violet. Un horrible goût amer lui déforma la bouche lorsqu'il mordit dedans.

— On dirait que vous vous êtes fait avoir, ricana Jwani en lui tendant un verre de vin.

Ellain sourit et lui tendit une autre friandise.

— Ellain m'a dit que vous étiez un chasseur,

fit Dumarest après avoir goûté le gâteau. Sur Harge ?

— Vous vous demandez ce qu'il doit bien y avoir à chasser sur ce monde, n'est-ce pas ? Mais ne vous méprenez pas sur ce terme. Chasser peut signifier bien des choses...

L'homme était éméché en dépit de sa sobriété apparente. Une conversation plus profonde devrait donc attendre un peu. Dumarest prit le plateau des mains de Jwani et le posa sur la table. La pseudo-vie qui animait certaines des friandises fit jaillir çà et là quelques vrilles qui ressemblaient à des vers.

— Je vous ai offensé, hein ? dit Jwani.

— Non. (Dumarest prit une carafe et versa du vin scintillant dans un verre en forme de rose.) Je n'ai fait que vous libérer les mains pour que vous preniez ça. (Il lui tendit le verre.) Et pour trinquer avec vous. (Il leva son propre verre.) A votre santé !

— Bonne ou mauvaise ?

— Bonne, ça va de soi. Vous n'êtes pas mon ennemi, que je sache ?

— D'après ce que j'ai entendu dire de vous, Earl, répondit sèchement Jwani, il vaut mieux éviter de l'être. Soyez donc assuré que je fais partie de vos amis.

— Et des amis sont faits pour se rencontrer. Demain ?

— Demain. Ellain sait où on peut me trouver. Et maintenant... (Il oscilla un peu alors que son visage virait au noir.) Je crois que j'ai besoin d'un petit... d'un petit...

Dumarest l'attrapa au moment où il tombait. Répondant à un signe d'Ellain, des serviteurs se précipitèrent pour le débarrasser de son fardeau. La femme empêcha Dumarest de les suivre hors de la pièce.

— Non, Earl !

— Mais il a besoin d'aide et...

— Oui, mais pas venant de vous. Comprends-moi, Earl, c'est une question de fierté. Les serviteurs ne comptent pas mais s'il apprend que tu l'as vu malade, en train de vomir, il ne voudra plus te regarder en face. Il se pourrait même qu'il prenne ta seule présence pour une insulte délibérée. Crois-moi, je t'en prie...

Elle n'avait aucune raison de lui mentir et ça paraissait raisonnable. Malgré tout, c'était une occasion perdue car un homme soûl avait toujours tendance à parler plus qu'il ne le voulait.

— Je regrette, Earl, dit Ellain. Le seul défaut d'Alejandro est qu'il ne tient pas l'alcool et qu'il ne sait pas s'arrêter à temps. D'habitude, il se contente de devenir assommant mais ce soir, il s'est vraiment dépassé. Mais ça te donne un avantage...

— Lequel ?

— En principe, il ne se souvient jamais de ce qu'il a dit vers la fin. (Elle lui lança un regard dénué d'expression.) On danse ?

Dumarest la conduisit au milieu de la pièce. La chevelure rouge d'Ellain tombait en cascade sur sa robe couleur émeraude. Une ceinture dorée lui enserrait la taille et d'autres bijoux en or s'accrochaient à ses pieds nus. Dumarest ne portait que peu d'intérêt à la danse mais la fréquentation des rings et des arènes lui avait conféré une légèreté de mouvement et le rythme de la musique était facile à suivre. Ellain suivait parfaitement ses mouvements en les anticipant. On aurait dit l'eau d'une rivière colorée coulant contre de la pierre grise. Un spectacle qu'apprécia particulièrement une femme au regard acéré et dont le visage maquillé et les ongles allongés auraient pu appartenir à un félin.

— Ma chère, vous êtes superbe ! Quel plaisir pour vos amis de découvrir que vous savez faire autre chose que chanter ! J'ai été désolée d'apprendre que vous n'alliez pas nous distraire... Mais il y a des consolations.

— Bien sûr, Weenedia. Celle de venir en tant qu'invitée, par exemple. Je n'ai plus besoin de faire croire que la bêtise m'amuse.

La femme ignora l'insulte.

— Je vois que vous avez un nouvel ami, dit-elle d'une voix acide en regardant Dumarest. Je me demandais ce qu'il était advenu de Yunus mais je viens de me souvenir qu'il était en grande discussion financière avec les Barrocca. Avez-vous déjà rencontré Ieko Barrocca ? C'est une jeune femme adorable et je suis sûre qu'ils s'entendront parfaitement. Ah, je vois que le jeune Tariq est là. Je crois qu'il nous réserve une surprise...

— Salope ! (Ellain fixa la femme qui s'éloignait.) On peut lui faire confiance pour remuer le couteau dans la plaie !

Et pour raconter à Yunus qu'elle avait dansé avec Dumarest. Et puis qu'il aille se faire voir ! Tout au moins pour ce soir-là. S'il était avec les Barrocca, au moins il lui ficherait la paix. D'autant plus que la danse l'avait subitement rendue pleinement consciente de l'existence de son corps.

— Earl, je m'ennuie. S'il te plaît, partons !

— Déjà ?

— Pourquoi pas ? Alejandro est parti et nous avons fait ce que nous avions à faire. On pourrait se promener dans les jardins, ou visionner une sensovidéo. Ou retourner à la maison… (Dans ses yeux, Dumarest put lire, sans aucune équivoque, ce qu'elle avait envie de faire.) Nous avons tout notre temps, maintenant. On pourrait discuter de nos projets, Earl ?

Avant même qu'il ait eu le temps de répondre, un coup de gong fit trembler l'air et, avec une solennité un peu pompeuse, Tariq Khalil présenta le joyau chantant.

Marta apparut, sortant d'une pièce adjacente, puis s'avança dans sa longue robe noire vers le centre de la salle. Carl et Maurice, eux aussi vêtus d'une robe, vinrent à sa rencontre. Le marchand portait l'écrin redécoré pendant que le mercenaire se tenait aux aguets, prêt à toute éventualité.

— Quelle stupidité ! jeta Ellain sans prendre

la peine de baisser la voix. Quelle mise en scène grotesque ! Bon sang, pour qui se prend-elle donc ? Une prêtresse, ou quoi ?

— Ce n'est qu'une femme qui essaie de gagner sa vie, l'interrompit rudement Dumarest. Respecte au moins ça à défaut d'autre chose.

— Mais...

— Ça suffit, bon dieu ! Tais-toi et laisse-lui sa chance !

Ellain se tut, secouée par l'accès de fureur de Dumarest. Elle se demanda pourquoi il s'inquiétait autant pour une stupide vieille femme qui marchait, les mains levées dans une attitude de prière suppliante. Une femme âgée et répugnante avec sa tête squelettique recouverte d'un voile noir.

Le temps, songea-t-elle. L'âge, ce poison insidieux qui vole sa fermeté à la chair et leur élasticité aux muscles. Non, mieux valait mourir plutôt que de ressembler un jour à cette pauvre créature qui était en train d'ouvrir son coffret, accompagnée par le roulement assourdi d'un tambour.

Une vulgaire bouffonnerie théâtrale... Mais qui faisait de l'effet. Ellain sentit monter la tension dans la pièce. La sensation, presque tangible, que quelque chose de prodigieux et de terrifiant allait se produire. Cette concentration se fit plus pesante encore lorsque les vieilles mains s'enfoncèrent dans le coffret pour en ressortir ensuite et s'ouvrir lentement afin de révéler ce qu'elles contenaient.

— Du verre ! murmura Ellain avec dépit. Bon dieu, c'est juste un bout de verre !

— Non, répondit Dumarest. Ce n'est pas du verre. Tais-toi et regarde ce qui va arriver.

Le roulement de tambour se poursuivit encore un moment avant de diminuer et de disparaître comme s'il voulait laisser place à quelque chose de nouveau et de merveilleux. Un silence de plomb s'installa, tellement lourd qu'il en devint presque douloureux.

Puis, lentement, très lentement, le joyau se mit à briller, à illuminer les doigts squelettiques qui le caressaient et le visage émacié qui le regardait. Un visage qui fut comme transfiguré dès l'instant où le joyau se mit à chanter.

Un chant qui portait la mort en lui.

Un hymne funèbre qui semblait célébrer la fin de toutes formes de vie, de tous les crépuscules et de toutes les aubes. Une mélodie frêle et gémissante qui parlait du vide glacé entre les étoiles, de banquises, de déserts. De l'anéantissement de toute croissance et de tout désir.

Une vague de dépression tua net la soirée, transformant les visages joyeux en crânes grimaçants sur lesquels s'affichaient des parodies de sourires.

— Non. (Ellain sentit son estomac se crisper, son cœur se serrer.) Mon Dieu, non !

L'*Interlude* n'avait jamais été comme ça. Le désespoir d'Ecuilton n'avait jamais atteint de pareils abîmes. Schiller lui-même, dans sa folie créatrice, avait été incapable de faire naître une résignation aussi profonde. Ellain se sentit condamnée et accepta sa condamnation en chantant. Elle voulait mourir en chantant. Chanter en mourant.

Non, non, pas elle… C'était *cette chose* qui devait mourir !

Cette chose qui chantait, embusquée entre des doigts fins et osseux. Mais était-ce vraiment ce joyau qui chantait ? N'était-ce pas plutôt ces doigts ? Ou la femme ? Ou son esprit ? Son âme ?

Non, c'était bien la chose ! Un ennemi qui lui volait sa vie, ses espoirs, ses amours. Tout ce qui avait pour elle de la valeur. Un objet de cristal brillant qui chantait, chantait… Alors, éperdue, *elle* se mit à chanter !

Elle y mit tout son être. Sa voix atteignit bientôt un état proche de la perfection et se mêla avec le chant du joyau, se mit en résonance avec lui.

Des verres se brisèrent sur les tables et une femme hurla en se bouchant les oreilles. Un cri qui fut repris par d'autres qui s'effondrèrent ensuite sur le sol. Une onde de douleur traversa les tympans de Dumarest, l'obligeant à se protéger les oreilles. Il vit alors du sang couler des narines et des oreilles de Marta.

Ellain, la bouche grande ouverte, la gorge tendue, continuait à défier le joyau grâce à la magie de sa voix. A entrer dans son jeu. A le maîtriser.

Et elle le tua.

Ainsi que Marta Caine.

Dumarest la vit chanceler au moment où le

joyau explosa entre ses doigts. Un petit nuage de lumière accompagné d'un bruit de cristal brisé. Une pluie de fragments jaillit des doigts ouverts pendant que s'effondrait le corps maigre de la vieille femme.

— Marta ! s'écria Santis en se précipitant vers elle. (Il prit sa tête branlante entre ses mains tout en cherchant en elle un signe de vie.) Elle est morte, Earl, dit-il lorsque Dumarest s'agenouilla à ses côtés.

— Morte ? (Kemmer avait l'air groggy.) Mais comment ça ? Qui a fait ça ? Cette femme ? (Il jeta un regard mauvais à Ellain, qui se cachait le visage.) Cette pute aux cheveux rouges ? C'est elle qui a fait ça ?

— Du calme ! dit Dumarest en touchant le visage maigre. (Des éclats brillants s'accrochèrent à ses doigts quand ils abandonnèrent la peau ramollie.) C'est son cœur qui a lâché. Ou ses nerfs, ou son cerveau. Pourquoi est-elle devenue si maigre ? Elle ne mangeait plus ?

— C'est le joyau, Earl. (Santis referma les yeux de Marta.) Il lui vampirisait ses forces.

— Mais elle le savait pourtant ! Pourquoi s'est-elle si peu ménagée ? (Dumarest se souvint alors du casino.) L'imbécile ! J'ai essayé de l'aider. Elle n'avait pas besoin d'en arriver là...

— Peut-être a-t-elle voulu en finir, fit le mercenaire en reposant doucement la tête amaigrie sur le sol. (Des parcelles brillantes tombèrent sur sa joue.) Je l'ai observée. La moitié du temps, elle faisait semblant de manger. Et quand on est vieux, on perd encore plus vite son énergie. Elle était plus âgée qu'on ne le croyait. Au fond, peut-être a-t-elle été heureuse de mourir...

De mourir avec son joyau, le jouet qui avait embelli son existence. De mourir au cœur d'une chanson et d'une pluie scintillante. Elle aurait pu connaître pire.

CHAPITRE VII

— La Terre ? dit Alejandro Jwani avec une grimace et un froncement de sourcils. Je ne me souviens pas.

— Pourtant, on en a parlé, dit Dumarest. A la soirée.

— Le truc de Tariq ? J'ai appris ce qui est arrivé. Quel dommage... Tariq a dû être dépassé par les événements. Je suppose que ça a coupé court aux festivités. (Jwani soupira en voyant Dumarest acquiescer.) Il fallait s'y attendre. Je regrette d'avoir manqué ça, mais, comme vous le savez, j'ai dû partir de bonne heure.

— Vous êtiez malade.

— J'étais soûl, sourit Jwani. Inutile de tourner autour du pot, Earl. Je ne suis pas assez stupide pour ignorer mes faiblesses et le vin en fait partie. Et j'en ai d'autres, comme vous pouvez le voir autour de vous.

La chambre, au plafond voûté, était remplie d'appareils étranges, certains immobiles, d'autres animés. C'était à la fois un bureau et un atelier.

— Mais j'oublie toutes les lois de l'hospitalité, fit Jwani en s'arrêtant près d'une table. Voulez-vous boire quelque chose ? J'ai du vin, de l'alcool ou du café. A moins que vous ne préfériez déguster avec moi une excellente tisane ? (Il rayonna de satisfaction en voyant Dumarest hocher la tête.) Parfait ! Ça ne prendra qu'un instant.

Cela prit trois minutes que Dumarest employa à examiner le mobilier avant de se retourner pour prendre la tasse de porcelaine fumante que lui tendait son hôte.

— Les médicaments ont du bon mais rien ne vaut une bonne tasse de tisane pour calmer l'estomac. La Terre, hein ? On en a vraiment parlé ?

— Brièvement. Puis nous avons porté un toast.

— A ma santé. (Jwani jeta un regard à sa tisane.) On dirait que j'en avais bien besoin... Mais qu'est-ce que vous voulez savoir sur la Terre ?

— J'ai entendu dire que vous y aviez été.

— Mais c'est ridicule ! C'est Ellain qui vous a fait croire ça ? Elle chante comme un ange mais de temps à autre, on a l'impression qu'elle n'écoute pas ce que les gens disent. J'ai dû parler de la Terre mais seulement comme un nom que j'avais entendu quelque part. En tout cas, je n'y suis jamais allé. Vous connaissez quelqu'un qui y a été ?

— Je pense que oui.

— Quelqu'un qui a visité un monde qui n'existe pas ? (Jwani secoua la tête.) J'ai du mal à y croire. Ce monde est une légende parmi tant d'autres. J'ai même vérifié dans les annuaires et je n'ai rien trouvé. Je crois que ça suffit pour clore le sujet, non ? S'il existait, il aurait été répertorié...

Tous les mondes connus l'étaient mais cela ne voulait rien dire. Et quelqu'un d'aussi intelligent que Jwani le savait.

— On dit que sur Harge aucun être vivant ne peut survivre aux tempêtes, répondit tranquillement Dumarest. Pourtant les sannaks y parviennent. Donc, ce sont des illusions...

— Quel syllogisme ! Earl, vous êtes un homme comme je les aime ! Quand Ellain m'a parlé de vous, je m'attendais à tomber sur un voyageur acariâtre et un tombeur de femmes. J'étais trop soûl, hier soir, pour vous apprécier à votre juste valeur. D'accord, Earl, le fait que la Terre ne soit pas répertoriée ne signifie pas pour autant qu'elle n'existe pas. Mais ça pose un problème si vous voulez la retrouver.

Un problème qui avait fini par envahir toute son existence, par canaliser toutes ses énergies. Il avait réuni quelques indices : un autre nom, Terra, la position de la planète dans la galaxie, quelque part sur les bords, là où les étoiles sont plus rares et les voyages plus longs. Il savait aussi qu'elle n'avait qu'une lune argentée.

— En admettant que la Terre existe, dit-il, pourquoi n'est-elle pas répertoriée ?

— Allez savoir? (Jwani haussa les épaules.) Peut-être est-elle perdue? Oubliée? A moins que ce ne soit un monde de légende comme Jackpot ou Bonanza et qu'il n'y ait rien à répertorier... Mais ça ne répond pas à votre question. Pourquoi, si la Terre existe, n'est-elle pas sur les cartes? Ça, Earl, franchement, je n'en sais rien.

Un mur contre lequel Dumarest s'était déjà tant de fois cogné auparavant. Il sentit l'espoir s'éteindre en lui. Mais, en désespoir de cause, il pouvait toujours essayer d'avoir d'autres informations.

— La personne qui vous a donné ce nom... En savait-elle plus?

— Vy Wene? Non.

— Il vit sur Harge?

— Non. Il est venu avec un voyage organisé pour acheter des tranneks et, naturellement, il est venu me voir. Je l'ai logé et nous avons eu de longues discussions. Il aimait le vin et partageait mon amour des jeux de logique. A un moment donné nous avons parlé des mondes légendaires et il a mentionné le nom de la Terre. Il disait que, selon certaines théories, toute l'humanité serait originaire d'un seul monde et que ce monde serait la Terre. Une théorie séduisante mais dépourvue de logique. Comment une seule planète aurait-elle pu abriter toutes les races que nous connaissons? Et si tous les êtres avaient essaimé d'une seule planète, ils se ressembleraient tous, non? Les mêmes conditions physiques doivent produire les mêmes caractéristiques physiques et les mêmes couleurs. Je le lui ai fait remarquer et il a reconnu l'erreur fondamentale de cette croyance.

— Le Peuple Originel, fit Dumarest.

— Hein ?

— Non, rien. (L'homme n'avait pas eu de réaction et il était donc improbable qu'il en fasse partie.) Juste une secte qui soutient la croyance dont vous venez de parler. Elle reste très secrète. Votre ami vous en a parlé ?

— Non. Vy Wene avait autre chose en tête, comme le prix des tranneks. Les cours étaient très hauts à ce moment-là.

Jwani servit alors un café relevé par un cognac sucré et agréable. Dumarest observa son hôte et se dit soudain qu'il devait être beaucoup plus rusé qu'il en avait l'air.

Par exemple, le mensonge qu'il faisait courir sur sa prétendue amnésie quand il était ivre mort devait certainement lui permettre de collecter des informations de la part de ceux qui, trop confiants, ne tenaient plus alors leur langue. En outre, il fallait être riche pour vivre avec le train de vie qu'il affichait. Dumarest ne s'était jamais fait d'illusions sur les riches : pour pouvoir vivre comme eux, on devait être tout sauf stupide.

— Une question personnelle, Alejandro, dit-il. J'espère qu'elle ne vous offensera pas ?

— Si ce n'est pas son but, aucun problème... Alors ?

— J'ai cru comprendre que vous étiez un

chasseur. Sur Harge ? Et vous êtes apparemment aussi dans les affaires... (Il montra la pièce d'un geste circulaire.) Un passe-temps ?

— Et vous, Earl, qu'est-ce que vous faites ? Vous voyagez, vous combattez et pourquoi ? Pour trouver la Terre ? (Jwani sourit en voyant Dumarest hocher la tête.) J'aime les gens honnêtes et je le serai donc aussi. Dans un sens, je suis effectivement un chasseur. Mais pas d'animaux. Et c'est vrai que ce qui nous entoure ici est un passe-temps pour moi. Regardez ! (Il se dirigea vers une machine complexe enfermée sous un dôme transparent ; un disque tournait et une lampe clignotait régulièrement au sommet du mécanisme.) Le mouvement perpétuel, Earl. Ou, disons, le plus près possible que nous puissions en approcher. Le disque est suspendu au sein d'un champ magnétique à une température proche du zéro absolu. Le froid a transformé le métal en un supra-conducteur dans lequel toute résistance a disparu. C'est cela, le mouvement perpétuel : une impulsion circule là-dedans sans la moindre perte d'énergie tant qu'on ne réchauffe pas l'appareil. Bien entendu, une machine construite suivant ce principe ne pourrait fonctionner que sur des mondes gelés ou dans le vide spatial.

— L'énergie produite serait faible, dit Dumarest. Quelle utilité pourrait-on y trouver ?

— Effectivement l'énergie produite serait presque négligeable, rétorqua Jwani. Mais suffisante pour servir à alimenter une balise radio ou quelque chose de ce genre. Et ça, Earl. C'est un jeu de roulements parfaits. Ils dureront bien au-delà de la durée d'existence de l'acier qu'ils supportent.

Dumarest se pencha pour observer la bague de roulement et les étranges billes qu'elle renfermait.

— On dirait des pierres...

— Exact : ce sont des tranneks. Je les chasse et je les vends. J'en fais le commerce, ajouta-t-il au bout d'un instant.

Dumarest observa les billes de plus près. Elles semblaient avoir capturé de la lumière et leur surface était si lisse qu'on aurait dit qu'elle était recouverte par une fine pellicule huileuse.

— Des tranneks, dit Jwani. J'en ai encore de plus beaux spécimens.

Qui se trouvaient dans un coffre qu'il ouvrit. Il les prit et les disposa sur un présentoir de velours capitonné qui faisait encore plus ressortir leur beauté scintillante.

— Ce sont les objets les plus résistants de l'univers connu, Earl. S'en servir pour fabriquer des jeux de roulements parfaits relève presque du gaspillage. Ces pierres ont la propriété de concentrer toute lumière qui les touche. Le diamant qu'elles contiennent fonctionne comme un laser hyper-performant et beaucoup plus éclectique puisqu'elles peuvent concentrer l'énergie sous toutes ses formes : lumineuse, sonore, vibratoire. On s'en sert beaucoup dans les mines, en matière de construction, pour percer des tunnels par exemple. Grâce à elles, le simple vrombissement des forets peut être converti en un rayon tranchant la pierre. (Il les remit dans le coffre.) Naturellement, elles ont une très grande valeur...

— Et vous creusez pour les trouver ?

— Non, Earl. Je les chasse. Surtout dans cette région. (Il toucha une carte fixée au mur derrière le coffre.) Dans les Collines de Goulten. Là-bas, avec un peu de chance, un homme peut ramasser une fortune...

*
**

— Earl, vous êtes dingue ! s'exclama Kemmer en tournant en rond dans la petite chambre de Marta.

— Doucement, Maurice, fit Santis qui était assis au bord du lit étroit. Personne ne vous oblige à nous accompagner...

— Ai-je vraiment le choix ? répondit le marchand avec aigreur. Je suis pris au piège comme une mouche dans une toile. Si Marta n'était pas morte... (Il regarda autour de lui et se dit que l'endroit ressemblait à une cellule.) Chasser des sannaks ! Celui de l'arène ne vous a pas suffi ? Dehors, ils sont dix fois plus gros !

— On ne va pas les chasser, expliqua patiemment Dumarest. Nous devons seulement découvrir leurs repaires. On n'a pas besoin de les tuer ni même de les voir. Tout ce qu'on aura à faire sera de ramasser leurs déjections.

Qui contenaient les nodules polis que les bêtes avalaient avec d'autres pierres dans le désert et les montagnes. Ces tranneks qui pouvaient être la clé de leur liberté.

— J'ai compris, Earl, dit Santis. Les sannaks mangent des rochers pulvérisés. Ils ont besoin de minéraux. Ils assimilent ce dont ils ont besoin et rejettent le reste. Et ce type vend les résidus, c'est ça ?

— Il les cherche et les vend, oui.

— Mais pourquoi nous ? dit Kemmer.

— Quelle importance ? intervint Santis. Earl nous offre une chance. Alors pourquoi faire la fine bouche ?

— Jwani est riche mais n'appartient pas aux Cinq, expliqua Dumarest. Ce qui veut dire qu'il doit verser aux Familles un pourcentage sur chaque transaction qu'il fait afin d'avoir l'autorisation de travailler sur leurs terres. D'après ce qu'il m'a dit, il leur paye un forfait quel que soit le produit de sa récolte, ce qui veut dire qu'il peut très bien travailler pour rien et même à perte puisqu'il a tous les frais à sa charge. Il pourrait ne pas déclarer certaines pierres mais, à moins qu'il ne les ramasse lui-même, il s'expose à un chantage. Donc, il m'a laissé entendre que si je lui apportais quelques spécimens, il ne poserait pas de question

— Il les achèterait et nous oublierait, c'est ça ? Ça me semble correct, approuva Santis.

— C'est complètement stupide, oui ! intervint Kemmer avec colère. On aura besoin d'une licence pour prospecter. Et les vêtements protecteurs ? Les armes ? Les provisions ?

— Il faudra les acheter. (Dumarest les

regarda l'un et l'autre.) C'est un investissement qui pourra être rentable à terme.

— Où nous faire moisir en tôle jusqu'à la fin de nos jours. (Le marchand n'y croyait pas.) N'oubliez pas qu'on sera fouillés à notre retour. Que se passera-t-il s'ils nous prennent en flagrant délit de trafic ? Et si nous déclarons tout, quel est l'intérêt de l'opération ? Je suis contre. Totalement contre.

— C'est votre droit. Et vous, Carl ?

— Moi, je suis avec vous, Earl. Maurice ne sait pas de quoi il parle. Il y a toujours un moyen de passer quelques pierres. Et puis c'est notre dernière chance.

— Vous êtes trop vieux pour ça, dit Kemmer. Nous sommes trop vieux tous les deux et nous ne ferons que gêner Earl. (Il haussa alors les épaules.) Et puis, quelle importance, après tout ? Je n'ai pas le choix...

— Combien a laissé Marta ? demanda Dumarest.

— La location est payée jusqu'à la fin du mois. Un peu de nourriture. Des vêtements. Quelques babioles. Un peu d'argent. Rien d'autre, conclut tristement Kemmer.

— Et ses cachets ?

— Ça coûte cher de mourir sur Harge, expliqua le mercenaire. Ces salopards ont fait payer cher l'enlèvement du corps et son enterrement.

— On pourrait demander à la femme aux cheveux rouges des dommages et intérêts, fit Kemmer.

— Elle n'a fait que chanter, répondit Dumarest. Et le joyau s'est brisé. Comment prouver qu'elle l'a fait exprès devant un tribunal ? Et Marta était vieille... Non, ce serait jeter l'argent par les fenêtres.

— Et Jwani ? demanda Santis. Il espère faire un bénéfice, alors pourquoi ne nous aide-t-il pas ?

— Il veut bien nous expliquer comment trouver les pierres et nous donner des cartes. Si on lui demande plus, il voudra une part. La moitié, en principe. Et puis, il ne veut pas qu'il y ait de lien officiel entre nous. (Dumarest se tut un instant.) Marta était maligne et connaissait la valeur de l'argent. Etes-vous sûrs qu'on a trouvé tout ce qu'elle possédait ?

— Vous voulez dire qu'elle nous aurait caché quelque chose ? dit Kemmer.

— Elle n'avait pas besoin de le faire, s'interposa Santis. Tout ce qu'elle possédait, c'était son corps. A quoi pensez-vous, Earl ?

— Des bijoux. Une femme comme elle en a toujours sur elle, en cas de besoin. Elle a dû les mettre au clou. Il faut retrouver les tickets du prêteur sur gages. Si vous mettez la main dessus, empruntez pour retirer les bijoux, vendez-les et remboursez ensuite la dette. Il devrait bien nous rester quelque chose après l'opération. Et vendez aussi tout ce qu'elle possédait.

La femme était morte et n'avait plus besoin de rien...

***

Ellain sourit en découvrant le visage sur l'écran.

— Earl ? Pourquoi avoir tant tardé à m'appeler ?

A peine plus d'un jour mais il ne lui fit pas remarquer.

— Serai-je le bienvenu si je passe ?

— Bien sûr ! Viens vite, mon chéri !

Elle se précipita en chantant dans son bain. Un peu plus tard, elle fit des histoires à la femme de chambre au sujet de ses vêtements et de sa coiffure. Celle-ci resta muette en se disant que tant que les riches payaient, ils pouvaient aller en enfer.

— Earl ! (Elle n'avait pas réalisé à quel point il lui avait manqué jusqu'à ce qu'il ait appelé : maintenant, la vie lui semblait tout à coup plus lumineuse.) Entre, mon chéri, lui dit-elle en sentant son cœur battre la chamade lorsqu'il se présenta à sa porte.

Il la suivit et la regarda tournoyer sur elle-même. Sa robe était faite d'un tissu doux et translucide, une nébuleuse ponctuée de touches de couleurs brillantes. Quand elle s'immobilisa, le vêtement se plaqua contre son corps pour en souligner les formes.

— Ça te plaît, Earl ? C'est la première fois que je mets cette robe. Je l'ai commandée spécialement pour toi. (Son visage affichait une joie enfantine.) Dis-moi que tu l'aimes !

C'était vrai et il vit que cela lui faisait plaisir. C'était une femme impulsive et qui obéissait à ses émotions, une femme qui pouvait subitement devenir dure et froide si ses désirs se trouvaient contrariés.

— Pourquoi as-tu attendu si longtemps avant de venir. Est-ce que je compte si peu pour toi ?

— J'avais des choses à faire... Et une amie est morte.

— Cette pauvre vieille ! Earl, j'en suis désolée. Mais comptait-elle donc tant que ça pour toi ? Tu n'as fait que voyager avec elle. Et puis, elle avait d'autres amis. Pourquoi t'inquiètes-tu donc autant pour eux ?

Parce qu'ils avaient été débarqués de force par sa faute. Marta serait peut-être encore en vie si ce n'était pas arrivé.

— Sur un monde comme celui-ci, ça aide d'avoir des gens en qui on peut avoir confiance, dit-il. Santis m'a sauvé la vie, rappelle-toi.

— Oui, dans l'arène.

— Et ça aide aussi d'avoir des amis.

— Et Alejandro ? Tu l'as vu ? Tu ne m'en as pas parlé ! Pourra-t-il t'aider ? (Son regard s'assombrit lorsque Dumarest lui résuma la situation.) Quoi, ramasser des tranneks ? Non, Earl ! Tu ne peux pas faire ça ! (Elle se rendit compte que sa protestation ne suffirait pas.) T'a-t-il dit quel est le pourcentage de morts parmi les chasseurs ? Les risques qu'ils sont forcés de prendre ?

— C'est-à-dire ?

— A ton avis, pourquoi la ville s'est-elle construite sur ce site ? Parce qu'on trouve des tranneks dans les Collines de Goulten et dans leurs environs. Si la ville avait été plus proche d'elle, les sannaks l'auraient détruite, poussés par leur avidité d'humidité. Ils dévorent littéralement les collines. Et ils mangent aussi les hommes pour leur chair et leur sang. Ils... Earl, tu ne peux pas faire ça !

Il la serra dans ses bras et sentit la douce chaleur de son corps.

— Earl ! souffla Ellain. Mon chéri, ne me fais plus attendre !

Plus tard, alors qu'il était allongé contre elle, Dumarest lui murmura à l'oreille :

— Ellain, je déteste te demander ça, mais j'ai besoin d'argent...

— Pour te suicider ? (Elle avait deviné la raison.) Non.

— Juste un prêt. Que je te rembourserai avec un bénéfice à mon retour.

— Si tu reviens. (Le lit grinça légèrement quand elle se redressa pour s'asseoir sur le bord.) Earl, je t'aime. Alors, ne me demande pas de t'aider à te tuer !

— Je te demande seulement de me sauver la vie ! jeta-t-il en venant la rejoindre. Tu m'as demandé de t'aider à fuir d'ici et tu m'as présenté à Alejandro. Tu devais bien te douter comment ça finirait, non ? (Il l'obligea gentiment à le regarder et vit des larmes dans ses yeux.) C'est la seule chance pour toi de te débarrasser de ta dette et pour moi de pouvoir me payer un passage. Une chance de fuir pour nous deux...

— Ensemble ?

— Ensemble. (Il soutint son regard, il pensait vraiment ce qu'il disait.) Pour ça, j'ai besoin de quoi acheter des équipements et un moyen de transport. Aide-moi et tu deviendras une associée dans l'affaire. (Il lui laissa le temps de réfléchir et alla leur servir du vin.) Je te le répète, c'est notre seule chance, Ellain.

— C'est trop risqué, Earl.

— La vie est pleine de risques. Et puis ne faut-il pas que tu protèges ton investissement ? ajouta-t-il avec un sourire.

— Quel investissement ?

— N'as-tu pas payé l'hôpital ?

— Moi ? Mais non ! Comment aurais-je pu le faire ? Yunus était avec moi et j'aurais été incapable de payer une note pareille. Et puis, tu n'étais rien pour moi à ce moment-là. Non, tu dois avoir un bienfaiteur inconnu...

CHAPITRE VIII

La chaloupe faisait sept mètres de long sur deux mètres cinquante de large. Un cockpit transparent et en partie mobile la recouvrait complètement.

Dumarest se laissa aller contre le dossier de son siège. Kemmer était installé en face de lui, le dos voûté et l'air morose. Santis était assis à côté de lui. Habitué depuis longtemps au port des uniformes et des cuirasses, le mercenaire paraissait à l'aise sous l'épaisse combinaison, le casque et le harnais qui constituaient l'équipement standard pour s'aventurer en dehors de la ville. Sous son casque, il avait l'air d'un oiseau guettant sa proie.

— C'est calme, fit un homme assis un peu plus loin dans la chaloupe. Trop calme à mon goût. Loffrey s'est fait surprendre par un temps du même genre.

— Je me rappelle très bien, cracha un autre. Et Chine ? Tu t'en souviens ? Quand on a retrouvé son casque avec sa tête dedans, comme un fruit dans une boîte de conserve ?

Dumarest avait fait des économies en acceptant de partager le véhicule avec des chasseurs. Il avait pu ainsi engager un guide. Zarl Hine était un vieux dur dont la peau était craquelée comme un morceau de cuir desséché. Il avait passé la majeure partie de son existence dans les Collines de Goulten. Sa chance avait tourné et Dumarest l'avait trouvé en train de traîner autour des salles d'équipement. Ses services étaient devenus bon marché car personne ne voulait plus de lui.

— Faites pas attention, dit-il à Dumarest. Ils essaient de vous foutre la trouille. C'est toujours calme avant une tempête mais le calme ne veut pas forcément dire qu'il va y avoir une tempête. C'est la couleur des nuages qu'il faut surveiller. Les vents peuvent commencer à ramasser de la poussière sur les montagnes Alepciennes, au nord. Un lichen violet pousse à leur sommet et si vous voyez le ciel devenir mauve, vous avez intérêt à chercher un abri...

Ça et d'autres indices que Dumarest avait appris à reconnaître. Mais rien ne pouvait remplacer l'expérience d'un vrai guide.

— Vous ne regretterez pas de m'avoir engagé, Earl, dit Hine, je vous le promets. Mais je ne peux pas vous garantir qu'on va trouver quelque chose. Sinon, je ne serais pas là où j'en suis en ce moment. Ma chance... (Il écarta les mains.) Enfin, vous devez être au courant...

— Oui. On m'a prévenu.

— Qu'au cours de chacune de mes trois dernières sorties, j'ai perdu des compagnons ?

Que je suis endetté ? Que la tempête se lève toujours là où je vais ?

— Quoi d'autre encore ?

— La chance. On l'a ou on l'a pas. Je l'avais avec moi, avant, et j'ai fait l'erreur de croire que ça durerait éternellement. Je savais toujours comment trouver des tranneks. Puis les choses ont mal tourné. Ma femme m'a quitté, mon fils est tombé malade. Ma fille s'est mise à vouloir mener la grande vie. Quant à mon frère, il... Et merde, Earl, vous connaissez l'histoire aussi bien que moi, hein ?

— Oui, je la connais...

— Et puis pourquoi je vous embête avec tout ça ?

— Parce que ça peut aider d'en parler. Et puis j'aime savoir avec qui je travaille. Mais pourquoi mettre vos malheurs sur le dos de la malchance ? Les soucis vous ont fait sans doute commettre des erreurs et ce sont ces erreurs qui, à la fin, ont fini par vous faire douter de vous-même...

— Vous croyez que c'est ça ? (Hine eut l'air subitement soulagé.) Les soucis seraient la cause de tout ? Savez-vous que personne ne m'avait suggéré ça ? Tout le monde s'est mis à raconter que j'avais la poisse. Ils ont dit que j'étais un porte-guigne et m'ont mis au ban de la société. Il fallait que je travaille comme un nègre rien que pour ne pas mourir de faim. Et ça devenait de plus en plus difficile. (Il se tut un instant.) Monsieur, je vous promets un truc : s'il y a des tranneks, bon dieu, je les trouverai !

Il se tut à nouveau lorsque la chaloupe se mit à perdre de l'altitude, accompagnée par le bourdonnement des unités antigrav.

— Phindar ! jeta le pilote sans se retourner. Vous et vos gars, préparez-vous ! Vous êtes les premiers à être déposés.

— Quoi, c'est ici ? répondit d'une voix suspicieuse un homme assis à l'avant de la chaloupe.

— Au pied du pic 17, c'est bien ça, non ?

— Ouais. (L'homme se leva, referma son casque.) Allez, les gars, on n'a pas de temps à perdre !

La chaloupe se posa, le cockpit s'ouvrit et les hommes sautèrent au sol à la suite de leur paquetage, pour se diriger péniblement vers le pied des collines. Dumarest savait pourtant qu'ils changeraient de direction dès que la chaloupe aurait disparu : les points d'entrée dans les collines étaient des secrets jalousement gardés.

Hine pointa un doigt vers le désert alors que la chaloupe décollait après son deuxième largage.

— Là ! Vous voyez ?

Une ride sinueuse courait sur le sable. Elle se déplaça sur une certaine distance avant de virer brusquement et de disparaître.

— Elle est balaise, dit le guide. Et près de la surface. En voilà un qui cherche à s'accoupler et qui est d'autant plus dangereux...

— Un mâle, alors.

— Oui. (Hine regarda Dumarest.) Vous en savez autant que la plupart des gens d'ici. Une femelle chercherait plutôt une caverne pour ses œufs. Elles se baladent de temps à autre mais pas autant que les mâles. Et plus profondément. Les mâles deviennent dingues quand ils sont en chaleur ou qu'ils sont excités par quelque chose de spécial et la surface du désert se couvre de leurs traces. Quand ça arrive, c'est sûr qu'il va y avoir une tempête. (Il jeta un regard à la crête qui défilait sur le côté.) On va encore loin ?

— Vous n'êtes pas d'accord ?

— Non, ce n'est pas ce que je voulais dire, Earl, mais les meilleures récoltes ont été faites plus près de la ville...

Une zone donc encore plus prospectée que les autres. Dumarest attendit que la chaloupe redescende une fois de plus avant de s'adresser au pilote.

— Pas là ! Posez-nous au sommet !

— Vous m'aviez dit de vous laisser au pied du 86...

— J'ai changé d'avis. Déposez-nous là, ajouta-t-il en montrant un espace dégagé près du sommet.

— C'est du suicide ! fit le pilote en haussant les épaules. Ça y est, vous avez tout votre matériel ? Alors, à bientôt... peut-être.

Il partit sans leur souhaiter bonne chance comme aux autres.

— On va descendre en cordée jusqu'à une caverne que j'ai repérée près de cette saillie, là en bas. Elle peut nous conduire à d'autres. Qu'en pensez-vous, Zarl ?

Le guide hésita, appréciant qu'on lui demande son avis même s'il ne savait pas trop quoi répondre.

— Honnêtement, Earl, je crois que nous allons perdre notre temps. Les sannaks ne grimpent pas sur les montagnes. Ils se déplacent sous le sol. C'est pour ça que les autres ont demandé à être déposés au pied des collines. Ils vont chercher une entrée et vont y pénétrer. Mais... (Il s'arrêta et secoua la tête.) Je ne sais plus, Earl. C'est nouveau pour moi.

Comme ça l'était pour la plupart des gens. Jwani, lui, avait mis au point de nouvelles méthodes de prospection à partir d'observations minutieuses du comportement et des mœurs des sannaks. Et Dumarest agissait suivant ces données-là.

— Si nous faisons comme les autres, expliqua-t-il, nous n'aurons pas plus de chance qu'eux. Plutôt moins même puisqu'il n'y a qu'un seul d'entre nous qui ait de l'expérience. En revanche, si j'ai raison, nous gagnerons du temps et diminuerons les risques. Et si je me trompe, nous rebrousserons chemin et nous reviendrons aux anciennes méthodes. Et maintenant, Zarl, à vous de jouer !

Seul un imbécile aurait engagé un expert pour ignorer ses avis. Dumarest avait délibérément mis l'homme à la barre de l'expédition et il lui obéirait tant qu'il ne commettrait pas d'erreur ou qu'il ne traînerait pas trop la jambe.

— D'accord, fit le guide. La première chose à faire est de fermer hermétiquement nos combinaisons et de ne plus les ouvrir jusqu'à ce que nous ayons monté la tente. Un coup de vent subit peut vous envoyer du sable dans les yeux et signer peut-être ainsi votre arrêt de mort. Et n'oubliez pas que les animaux que nous chassons peuvent entendre tous les bruits que nous faisons par les vibrations qu'ils provoquent dans le sol. Ceci sans parler de la chaleur et de l'humidité qui se dégagent de nos corps et que même les combinaisons ne peuvent pas complètement contenir.

Il se détourna et regarda le désert qui s'étendait au pied de la montagne puis la voûte azurée du ciel. Il vit alors grossir un point sombre entouré de l'aura d'un champ Erhaft et précédé par l'écho d'ondes soniques.

— Merde ! jeta-t-il. Un vaisseau !

*
**

Ellain était sûre qu'une tempête allait éclater et avait l'estomac serré à cette pensée. Le bourdonnement du vidéophone fit bondir son cœur.

— Oui ? (C'était Yunus et il souriait.) Je croyais que tu étais mort ! jeta-t-elle. Combien de temps ça a duré ?

— Trop longtemps, ma chérie. Je suis touché de voir que je t'ai manqué. Mais tu n'as sûrement pas été privée de compagnie, n'est-ce pas ? ajouta-t-il avec une subite expression de fauve sur le visage. Ou dois-je croire que tu m'as attendu patiemment ?

Il était au courant. Ellain maudit la femme de chambre et son amour de l'argent. Et puis, qu'il aille au diable : elle n'était pas sa chose et il n'avait qu'à être là. Même si cela ne l'aurait pas empêchée d'être attirée par Dumarest.

— C'est un interrogatoire ? fit-elle en feignant la colère.

— Ma chérie, je t'appelais surtout pour te demander un petit service que tu ne me refuseras certainement pas. Je voudrais que tu viennes à un dîner que je donne ce soir pour un invité très particulier. On pourra toujours reparler du reste plus tard...

Était-ce une menace ? Il en était bien capable et elle sentit subitement à quel point elle était vulnérable. Encore plus maintenant qu'auparavant. Et s'il se fâchait...

— Un invité ? Il vient juste d'arriver ?

— Oui, ma chérie. Le Cyber Tosya.

*
**

Il était grand, émacié et son crâne rasé ressemblait à une tête de mort. Il portait une robe d'un écarlate brillant sur la poitrine de laquelle s'étalait le sceau du Cyclan. Il avait des mains longues et fines et de grands yeux luisants d'intelligence. Sa voix était claire et dépourvue de toute trace de passion.

Ellain frissonna lorsqu'elle le rencontra.

Il y avait quelque chose d'inhumain en lui. Créature sensible, elle ne pouvait avoir aucune sympathie pour quelqu'un qui considérait les émotions comme une aberration et dont le seul plaisir de l'existence était de nature intellectuelle. Comme tous les cybers, Tosya était un robot de chair et de sang.

Assis à la place d'honneur, il suivait impassiblement la conversation, essayant d'y glaner la moindre bribe d'information qui pourrait se révéler utile.

— La raison de ma visite ? (Il fit un petit geste de la main.) Harge m'a toujours intéressée et lorsque l'occasion s'est présentée, j'ai eu envie de venir ici. Votre culture est très particulière avec sa hiérarchie capitaliste rigide qui fait que toutes les richesses sont concentrées entre quelques mains seulement.

— Les premiers qui sont venus s'installer. Pourquoi ne moissonneraient-ils pas ce qu'ils ont semé ? (Le vieux Keith Ambalo avait été rapide à défendre l'ordre établi.) Les Cinq ont le droit de tout gouverner.

— Mais pour combien de temps encore ? jeta le vieux Jen Tinyah au corps tordu mais aux yeux durs comme des éclats de verre. Pouvez-vous nous le dire, Cyber ?

Tosya le pouvait mais une telle information n'était pas gratuite.

— Si vous êtes intéressés par les services du Cyclan, je suis persuadé que cela peut s'arranger.

— Contre de l'argent, bien sûr. (Romi Barrocca ne fit aucun effort pour masquer son mépris.) Toujours contre l'argent...

— Et c'est bien comme ça ! répliqua Mangit

Yagnik en tapant du poing sur la table. Vous êtes comme nous tous, Romi. Il n'y a qu'à voir le prix monstrueux que vous demandez pour votre eau !

— Et vous pour votre électricité !

— Messieurs, je vous en prie ! (Yunus Ambalo se leva, les mains levées pour réclamer l'attention générale.) Cette altercation est inopportune et une insulte pour notre invité. Cyber Tosya, je comprends votre position mais pourriez-vous tout de même nous faire la faveur de nous donner, en général, votre opinion sur notre société ?

Très subtil, apprécia Ellain lorsqu'il se rassit. Aussi sournois qu'un serpent prêt à mordre. Et pourtant, elle savait que Yunus avait trouvé un adversaire à sa taille avec le cyber. Tosya ne pouvait être ni flatté, ni acheté. Pas plus qu'aucune autre créature du Cyclan auquel il était dévoué corps et âme.

— Votre culture est fragile, dit Tosya. Un équilibre délicat qui contient ses propres germes de destruction. Comme toutes les sociétés trop statiques. Mais sur Harge, vous avez un environnement qui risque d'accélérer le processus. Si vous ne prenez pas des mesures, la chute se produira dans une trentaine d'années environ. Pour plus de précisions, ajouta-t-il, il me faudrait des données plus à jour que celles que je possède.

A partir desquelles son esprit entraîné pourrait extrapoler la séquence logique des événements. Une capacité qu'avaient tous les cybers.

Une tempête de protestations s'éleva parmi les membres des Cinq réunis autour de la table.

— L'évidence est souvent difficile à reconnaître, continua Tosya mais votre problème relève d'une simple extrapolation mathématique. Votre système d'endettement est un véritable suicide pour une société en vase clos comme la vôtre.

— Pourriez-vous avoir l'amabilité de vous expliquer ? demanda Yunus en levant la main pour obtenir le silence. Le crédit n'est-il pas une bonne chose pour les affaires ?

— Un crédit normal, oui. Mais votre taux est beaucoup trop élevé. Si on ne paie pas chaque mois les intérêts, leur total devient vite astronomique et perd tout sens. La vraie richesse repose sur la production... Les taux d'intérêt créent une situation artificielle et, lorsqu'ils deviennent trop élevés, produisent l'inflation et la dévaluation de la monnaie. Le danger de taux trop élevés est que le débiteur perd vite tout espoir et se résigne à sa situation. Le propriétaire de la dette, lui, n'arrive plus à la revendre car tout le monde sait que cet argent est en réalité perdu. Et une fois qu'un homme est endetté, il ne peut plus emprunter, ce qui provoque la stagnation économique et l'apathie des travailleurs.

— Nous avons des moyens pour éviter ça, dit Keith Ambalo. Des méthodes pour les encourager à remplir leurs obligations...

Les travaux forcés et l'expulsion lorsque tout avait échoué.

— Je suis au courant, dit Tosya. Mais elles sont inefficaces. Vous êtes déjà conscients du coût exorbitant des denrées de base. Les hommes ne sont pas des animaux et ils peuvent facilement imaginer comme il serait simple de mettre fin à un système qui les pénalise. L'apathie finira par se transformer en colère et des meneurs feront leur apparition. Et lorsque ce point de non-retour sera atteint, la rébellion deviendra inévitable. Dans une trentaine d'années si vous ne faites rien pour l'empêcher.

Ils voulurent en savoir plus mais le cyber devint muet. Le doute avait été semé et il suffisait d'attendre maintenant. Inquiets, effrayés, les Cinq ne tarderaient plus très longtemps à se résoudre à payer le Cyclan pour les services d'un cyber. Celui-ci apporterait une solution aux problèmes immédiats, montrerait sa valeur grâce à ses prédictions et deviendrait vite indispensable aux dirigeants de Harge. Qui se transformeraient vite en simples instruments de son propre pouvoir. Et ce serait un monde de plus qui tomberait aux mains du Cyclan.

*
**

Le froid s'installa avec la nuit, un changement d'abord bienvenu mais qui devint vite difficile à supporter une fois que les combinaisons eurent laissé échapper la chaleur des corps.

— Il va falloir s'abriter plus loin dans la caverne, dit Zarl Hine.

Sa voix était calme mais Dumarest savait ce

qu'il pensait. La caverne qu'il avait repérée n'avait révélé qu'un cul-de-sac, un simple trou dans le roc. Il leur avait fallu redescendre presque jusqu'au pied de la montagne pour trouver une véritable caverne. La nuit avait interrompu ensuite leur exploration.

— Il y a un passage qui doit descendre vers une galerie en contrebas, dit Kemmer. Comme la lampe ne suffisait pas, j'ai jeté un caillou et...

— Vous avez jeté un caillou ! s'emporta le guide. Imbécile ! Je vous avais dit de ne pas faire de bruit ! Vous vous rendez compte des risques que vous nous faites courir ?

— Calmez-vous, Zarl, fit Dumarest. Qu'est-ce qui est arrivé quand vous avez jeté votre caillou, Maurice ?

— Rien. Je ne l'ai même pas entendu atterrir.

Une longue chute qui l'avait peut-être amené jusqu'aux cavernes souterraines dont Jwani lui avait parlé.

— Il va falloir se servir des cordes, Earl, dit le guide qui avait maîtrisé sa colère, lorsqu'ils se penchèrent au-dessus du trou.

— On va descendre jusqu'à cette saillie, là-bas, dit Dumarest. Zarl, vous passez le premier. Je vous ferai suivre ensuite les sacs puis les autres descendront à leur tour. Je passerai le dernier. (Il avait installé les cordes tout en parlant.) Allons-y !

Zarl descendit et s'immobilisa sur la saillie. Il fit un geste de la main et lâcha la corde qui remonta. Les sacs descendirent à leur tour, suivis par Santis. Mais Kemmer hésita.

— Comment reviendrons-nous, Earl ?

— En faisant de l'alpinisme s'il le faut. Le rocher est assez friable pour qu'on puisse y creuser des marches mais j'espère qu'on trouvera une sortie. Allez-y maintenant !

Finalement, ils finirent par se retrouver tous au fond d'une sorte de cheminée tapissée de sable et sur laquelle débouchait un étroit passage en surplomb. Ils s'y engagèrent, soulevant sous leurs pas de fines particules de poussière qui s'illuminèrent aux faisceaux de leur torche, comme autant de lucioles en suspension. Ils parvinrent ainsi à une chambre souterraine voûtée et ensablée.

— Y a-t-il des ouvertures ? (Dumarest fit le tour des lieux avec le rayon de sa lampe.) Cherchez tous s'il y a des ouvertures.

Ce fut Zarl qui les découvrit. Le guide fit un signe avec sa lampe. La bouche du tunnel devant laquelle il se trouvait était rongée par le sable qui avait détruit à la longue la perfection du cercle taillé dans la pierre.

— C'est une vieille galerie, dit-il lorsque ses compagnons vinrent le rejoindre. J'en ai repéré d'autres à côté qui ont l'air relativement plus récentes. (En effet, des tunnels s'ouvraient non loin de là, bouches béantes, remplies d'ombres dansantes, qui disparaissaient dès que le faisceau de la lampe les quittait.) Logiquement il devrait y en avoir d'autres à l'opposé de la caverne.

Dumarest examina les parois. La pierre avait été usée, presque polie. Il se rapprocha encore, régla sa lampe et leva les yeux pour suivre une veine brillante de minerai bleu. Elle disparaissait à un peu plus d'un mètre au-dessus du point où il se trouvait. D'autres filons semblables, mais plus indistincts, zébraient les parois de la caverne.

— Du malakar, dit Hine. Pas assez pour attirer l'attention des sannaks. Ils ont bouffé tout ce qu'ils pouvaient dans le coin...

Dumarest rabaissa le faisceau de sa lampe vers le sol et se mit à rechercher des déjections.

— Non, fit le guide avec assurance. Ils ne se vident pas là où ils mangent. Vous ne trouverez pas de tranneks ici.

— Et où donc, alors ?

— Ailleurs. Sans doute dans les tanières des sannaks. A coup sûr dans leurs nids, où les femelles pondent leurs œufs. Mais ils sont difficiles à repérer et puis surtout, il est encore plus difficile d'en revenir sain et sauf ! Donc impossible de les situer avec précision. (Hine examina la paroi.) Du malakar mais pas de chinteny, ni d'elmish. Cet endroit a été ratissé il y a longtemps. Ces tunnels ont été fait par de jeunes sannaks en quête de nourriture. Ils préfèrent en général rester à l'écart des gros.

— Bon, et maintenant, Earl, qu'est-ce qu'on fait ?

— Un camp.

— Ici ? s'étonna Kemmer. Et si un sannak nous rend visite ?

— On a tous besoin de repos, répondit Dumarest. Et cet endroit en vaut un autre. Maurice, vous ferez équipe avec Zarl. Je prendrai le premier tour de garde avec Carl. Montons la tente.

C'était un abri gonflable dans lequel ils pouvaient quitter sans danger leur combinaison, manger et dormir.

Un peu plus tard, alors que Santis surveillait les environs avec son lance-roquettes branché sur un sonar, Dumarest en profita pour vérifier leur équipement.

— Vous avez fait la guerre, hein? lui demanda tout à coup Santis. Comme mercenaire?

— Oui.

— C'est bien ce que je pensais. On reconnaît toujours un professionnel à la façon dont il vérifie ses armes. (Il se tut et ajusta le sonar.) J'entends quelque chose... Non ce doit être le battement du sang dans mes oreilles.

— Allez vous reposer, dit Dumarest en s'agenouillant. Et vérifiez votre matériel pendant que je prends la garde.

— Vérifier le matériel en espérant n'avoir jamais à s'en servir, gloussa Santis. La prière de tout mercenaire...

Un peu plus tard, quand il revint prendre son poste, Dumarest se leva, s'étira, puis ramassa son lance-roquettes avant de se diriger sans bruit vers la tente. Les ronflements des deux occupants parvinrent jusqu'à ses oreilles lorsqu'il posa son casque contre le dôme gonflé. Plus loin dans la caverne envahie par le sable, Dumarest passa sa torche sur ultraviolet et explora le sol. Les tranneks devenaient fluorescents sous ce type de lumière mais il n'en découvrit aucun. Comme l'avait dit Hine, le coin était vide.

Et les tunnels ?

Dumarest s'arrêta à l'entrée du plus proche. Sa voûte culminait à un peu moins d'un mètre au-dessus de sa tête et ses parois étaient faites de concrétions sableuses, produites par la pression du corps du sannak qui l'avait creusé. Celui-ci avait dû être de belle taille : au moins dix mètres de long sur plus de deux mètres et demi de diamètre.

Dumarest s'avança dans le tunnel mais résista à la tentation de poursuivre au-delà du premier virage dans l'espoir de trouver des tanneks. Revenu dans la caverne il découvrit dans la pierre d'autres marques de l'appétit féroce des reptiles. Dumarest reporta son attention sur les galeries. Il s'engagea à nouveau dans le passage mais, juste avant d'arriver au virage qui obliquait vers la gauche, quelque chose l'arrêta subitement. Ce vieux sentiment de la proximité du danger qui lui avait si souvent sauvé la vie. Il recula alors à toute vitesse. A temps pour éviter l'effondrement de la voûte du tunnel.

Le bruissement du sable compressé en train de se désagréger fut bientôt remplacé par un autre son, une sorte de frémissement plus ressenti que vraiment entendu. Un écho assourdi où se mêlaient le bruit d'une chute d'eau sur des blocs de roc qui s'entrechoquaient, le crissement d'un foret contre un minerai adamantin, la pulsation d'un engin rotatif qui montait du sol pour se propager dans les bottes, dans la tente et dans le corps des quatre hommes... De toute façon, les prémices d'une catastrophe imminente.

CHAPITRE IX

— Il est parti ! dit Hine en abandonnant le sonar. (Derrière la visière du casque, son visage était tendu et couvert de transpiration.) Bon dieu, il n'est pas passé loin. Qu'est-ce qui est arrivé ? (Il se renfrogna en entendant la réponse de Dumarest.) Vous êtes allé dans un des tunnels ?

— Sur deux ou trois mètres seulement, et sans faire de bruit. La galerie s'est effondrée juste devant moi. Un sannak ?

— Sûrement. Ça arrive souvent quand ils passent trop près. En tout cas, l'effondrement a dû masquer tous les bruits que vous avez faits pour vous dégager. (Hine régla son appareil.) C'est calme maintenant. Carl et vous, vous devriez aller dormir un peu.

— Plus tard, répondit Dumarest en montrant les cheminées qu'il avait aperçues dans la paroi opposée. Quand nous aurons fait un tour là-bas.

— Vous voulez grimper là-dedans ?

— Ce sont de vieux tunnels mais taillés dans

le roc et donc solides. Nous y serons plus en sécurité. On se servira d'un grappin. Carl, vous montez la garde. Maurice et Zarl, vous remballez tout le matériel.

Dumarest bricola un grappin à partir de tiges métalliques qu'il tordit jusqu'à obtenir un crochet à quatre branches. Il fit tournoyer la corde et expédia le grappin dans la bouche sombre éclairée par la lampe de Kemmer. Le guide jura tout bas quand l'appareil retomba dans le sable.

— Le bruit ! Faites attention, Earl !

Dumarest ne parvint à ses fins qu'au troisième essai. Il tendit alors la corde et se mit à grimper dans la cheminée pour atteindre, après un léger coude, l'éperon rocheux où s'était accroché le grappin. Il se hissa sur une sorte de palier qu'il explora du faisceau de sa torche. Il n'y avait pas de tranneks sur le sol. En revanche il remarqua que le boyau repartait un peu plus loin à la verticale, au point d'intersection d'une autre galerie. Dumarest revint en arrière et fit signe aux autres de monter avec le matériel.

— Ce n'est pas la peine de monter plus haut, dit-il pendant que Santis remontait la corde. L'autre tunnel qu'on voit là-bas ira parfaitement. On va le suivre jusqu'à la prochaine jonction et on s'y installera. Comme ça, on aura des sorties de secours. Si ces rochers sont aussi criblés que je le pense, on va vite trouver…

— Vous voulez camper au milieu d'un croisement ? s'étonna Hine. Vous cherchez les ennuis, ou quoi ? Chacun de nos bruits y sera aussi amplifié que dans un tuyau d'orgue !

— Mais on pourra se disperser, répondit Dumarest. En cas de danger, on aura une chance de se défendre et de filer. Faites-moi confiance, Zarl, ça va marcher.

Une tactique que Jwani avait suggérée et que Dumarest connaissait par expérience.

— Un sannak fait du bruit en se déplaçant, expliqua-t-il. Il ne peut s'en empêcher. Donc le meilleur moment pour bouger est celui où il se trouve tout près. De plus, nous sommes plus en sécurité dans le rocher que dans le sable. On va laisser les affaires ici, continuer jusqu'au prochain carrefour avec un autre tunnel, puis on ira s'y installer.

— Comme ça? (Hine était sarcastique.) Earl, combien de temps croyez-vous que nous allons survivre?

— Écoutez, jeta Dumarest, tout ce que nous voulons c'est trouver ce que nous sommes venus chercher et filer d'ici. Plus on tergiverse, plus on augmente les risques. Et maintenant, il est temps d'établir le planning des tours de garde et du reste.

En parcourant les ténèbres avec un détecteur plus fin que le sonar, Dumarest repensa aux bêtes monstrueuses qui avaient creusé ces tunnels, broyant le rocher dans leur éternelle quête de nourriture, s'accouplant entre elles, se reproduisant sans cesse. La ville était située dans une zone désertique, déjà totalement lessivée des minéraux essentiels à la survie des sannaks. Les montagnes et le désert avoisinant fournissaient leur quota de tranneks mais quelle que fût la témérité des chasseurs, ceux-ci ne pourraient jamais que ramasser les miettes de la moisson à laquelle ils rêvaient tous et qui gisait loin sous la surface de la planète. Les déjections de milliers de ces créatures qui avaient dévoré les montagnes pendant des milliers d'années...

Soudain, Dumarest détecta un murmure, qui se transforma rapidement en rugissement. Il ôta les écouteurs de ses oreilles lorsqu'un coup de tonnerre les traversa. Il sentit le rocher trembler sous ses pieds. Puis l'affreux grincement se mit à décroître et Dumarest retourna en courant au campement.

— Earl ! s'exclama Kemmer qui arrivait à sa rencontre, le visage transformé en un horrible masque par la lumière bleutée de la lampe. Dieu merci. J'ai bien cru que...

— On remballe tout ! (Dumarest empoigna le lance-roquettes que l'homme avait à la main.) Où est Carl ? Dites-lui de venir nous aider, Zarl ! (Le guide était au sonar.) Vous avez établi la direction ?

— Earl, le bruit...

— Foutez-moi la paix avec ça, bon sang ! Cette créature ne peut pas nous repérer au milieu d'un boucan pareil et nous n'avons pas de temps à perdre. Donnez-moi les relevés !

Dumarest s'assit pour les comparer avec ceux qu'il avait établis et en déduisit approximativement la direction, la profondeur et la distance. Comme il l'avait deviné, la créature était passée bien à l'écart et le labyrinthe de tunnels n'avait fait qu'amplifier de lointaines vibrations.

— A cinq kilomètres ! s'étonna Kemmer. Si loin ?

— C'est à peu près ça, Earl, confirma Zarl. Mais comment aller jusque là-bas ? On remonte à la surface et on essaye de trouver une entrée ?

— Quelles sont les chances d'y parvenir ?

— Maigres si la caverne est profondément enfouie sous la montagne. Il va falloir se séparer pour trouver une entrée assez solide. C'est la méthode habituelle.

Qui présentait un grave inconvénient qu'il se garda bien de signaler à Dumarest : passer par la surface, c'était risquer d'être pris dans une tempête. De toute façon, l'autre solution, par les galeries, c'était courir le danger de se perdre dans un véritable labyrinthe… et de tomber sur un sannak.

— On va couper par les tunnels, décida soudain Dumarest.

— Quoi ? s'exclama Kemmer. Pourquoi prendre de tels risques ? Et si on se perd ? (Il eut une vision cauchemardesque de quatre hommes affamés, assoiffés et épuisés attendant que la mort leur plonge dessus.) Prenons des précautions, Earl, je vous en prie !

— Carl ?

— Pourquoi s'escrimer à ressortir pour s'escrimer ensuite à trouver une entrée ? Je suis de votre côté, Earl.

— Je vous suis, fit Hine. Vous avez l'air de savoir ce que vous faites. Il est possible que certains de ces tunnels nous conduisent au point que nous avons repéré. On s'organise en colonne, d'accord ? Je prends la tête. (Il se tut, attendant une éventuelle discussion.) Nous partons dans une heure, reprit-il en voyant que personne ne contestait.

Il avait l'impression de revivre un cauchemar de jeunesse lorsque, au cours de sa première chasse, il avait vu son oncle enterré vivant puis avait dû errer durant des heures dans un labyrinthe de tunnels au pied du pic 14. Cela lui avait coupé pour longtemps toute envie de chasser. Jusqu'à ce que le remboursement de sa première dette l'oblige à revenir dans les collines, et ainsi de suite... Et maintenant, il errait à nouveau dans des tunnels creusés bien avant sa naissance.

Mais il était en sécurité. Dumarest avait raison. Hine se demanda pourquoi d'autres n'y avaient pas pensé. Sans doute la force de vieilles habitudes...

Il s'arrêta au croisement suivant et éclaira chacune des embouchures. Un des tunnels montait alors qu'il leur fallait descendre et un autre ne lui inspirait pas confiance avec ses veines de sable qui couraient dans la pierre.

— On va s'arrêter un moment, Zarl, dit Dumarest. Il faut que je vérifie les instruments de mesure.

— Pas la peine, Earl. Je peux m'en passer.

— Je le sais, mais Santis a besoin de se reposer et Kemmer est complètement vanné lui aussi. (Le marchand, épuisé par son chargement, traînait les pieds et la fatigue empêchait de plus en plus Santis de se concentrer.) Vous avez fait du bon boulot, ajouta Dumarest en voyant que le guide hésitait, mais on peut tout perdre si vous commettez la moindre erreur. Montez la tente et reposez-vous.

Pendant qu'il obtempérait, Dumarest se dirigea vers le croisement, s'y accroupit pour installer ses appareils et se mit à l'écoute. Le bruit était plus fort et Dumarest en déduisit qu'ils avaient dû parcourir les deux tiers de la distance en ligne droite, ce qui représentait dix bons kilomètres de détours épuisants, entrecoupés de haltes subites dictées par la prudence. A deux reprises déjà, ils avaient trouvé des tranneks.

Dumarest les avait regardés briller dans la lumière bleue de sa lampe. Des cailloux polis rendus fluorescents par les rayons ultraviolets. Kemmer avait trébuché sur le premier et Santis sur le deuxième. En écumant les tunnels, ils auraient peut-être pu en trouver d'autres mais ils n'avaient pas assez de temps devant eux pour prospecter de cette manière.

Du temps et de l'argent... Deux nécessités dont Dumarest était dépendant.

Il éteignit sa lampe et des papillons lumineux dansèrent sur ses rétines. Pour former un agencement représentant les quinze unités du jumeau affin. Le secret que lui avait transmis Kalin et qui avait été volé dans un laboratoire secret du Cyclan. Un cadeau qui avait fait de lui une bête traquée, la proie d'une organisation dominant des centaines de mondes.

Car ce secret pouvait lui donner l'incroyable

pouvoir de transplanter un esprit dans un autre corps. Une offre qu'aucun personnage important, vieillissant ou malade, ne pourrait refuser et qui le transformerait en marionnette du Cyclan. Or seul Dumarest connaissait l'ordre exact selon lequel il fallait agencer les quinze unités de base. Tester toutes les combinaisons possibles prendrait des milliers d'années au Cyclan et l'organisation n'avait pas l'intention de perdre tout ce temps précieux.

S'il tombait entre ses mains, Dumarest savait que des sondes cérébrales lui arracheraient sans peine ce secret et le transformeraient en légume. Pour sauver sa vie, il lui fallait échapper à ce nouveau piège et l'unique moyen pour lui était de trouver des tranneks.

Ils atteignirent la caverne cinq heures plus tard par une étroite fissure d'origine volcanique. Elle était aussi vaste que la première qu'ils avaient découverte et ses parois étaient couvertes d'excroissances cristallines luisant d'une lumière immobile et verdâtre.

Et des sannaks étaient en train d'y faire bombance.

— Mon dieu ! fit Kemmer d'une voix incrédule. Regardez-moi ces trucs !

— On dirait des asticots géants, souffla Santis.

Sauf que les asticots, eux, n'avaient ni écailles, ni mâchoires dentées, ni ces yeux en forme de prismes sous des membranes protectrices transparentes...

— Une caverne de pâturage, dit Hine. J'en avais entendu parler mais c'est la première fois que j'en vois une.

— Dépêchons-nous de ramasser les tranneks et filons d'ici, dit Kemmer. Avant que ces horribles bestioles nous repèrent.

— On n'en trouvera pas ici, je vous l'ai déjà dit, répondit le guide sur un ton impatient. Ils ne défèquent pas là où ils mangent. Il va falloir qu'on explore les environs.

— A proximité de ces monstres ? Mais c'est dément ! (Le marchand se tourna vers Dumarest.) Earl, on ne peut pas faire ça ! C'est du suicide !

En tout cas, la quasi-certitude d'une fin rapide et impitoyable. Dumarest se pencha et scruta l'étendue devant eux. Les sannaks mangeaient puis retournaient se plonger dans le sable. Certains étaient enroulés sur eux-mêmes, d'autres étaient immobiles et à moitié sortis de leurs tunnels. La lumière verte et froide faisait étinceler leurs écailles.

— Dans leurs tunnels, dit Hine. C'est là qu'il va falloir chercher.

— J'en doute.

— Et pourquoi, Earl ?

— Les animaux défèquent rarement au hasard, expliqua Dumarest. La plupart de leurs déjections servent en fait de bornes pour faire comprendre aux autres de rester à l'écart de leur territoire. A mon avis, cette caverne appartient à une partie déterminée du troupeau. Et si c'est le cas, les sannaks ont dû établir des endroits précis pour déféquer et déterminer ainsi les limites de leur domaine.

— Et alors ? (Kemmer, qui n'avait jamais chassé, ne comprenait pas.) Qu'est-ce que ça veut dire ?

— Si Earl a raison, ça voudrait dire qu'il existe peut-être de véritables monceaux de tranneks qui n'attendent que d'être ramassés, dit le mercenaire. Et ceux qu'on a trouvés dans les tunnels ?

— Des déjections inhabituelles, répondit Hine, tout excité à l'idée que Dumarest pouvait avoir tapé dans le mille. Et éloignées de la caverne. (Son agitation s'accentua encore.) C'est possible, bon sang ! Il existe de vieilles histoires sur des gros amas d'excréments. Et si on y réfléchit, c'est pour ça que la ville a été fondée. Pour exploiter ces gisements mirobolants. Et puis, avec les années, les déjections en surface ont toutes été ratissées, les sannaks sont descendus plus profondément et on a fini par oublier ces temps bénis où il suffisait de se baisser pour ramasser des tranneks par centaines. (Il regarda par terre avec un air malheureux.) Mais comment les atteindre ? Si ça se trouve, une fortune nous attend et nous ne pouvons même pas l'approcher !

— Il y a peut-être un moyen, dit Dumarest. On pourrait faire une diversion.

De retour dans l'espace confiné de la tente, Dumarest leur expliqua son plan. Il était simple : ils devaient attirer d'une manière ou d'une autre les sannaks hors de la caverne, traverser la zone de pâturage désertée, s'enfoncer en courant dans un des tunnels, ramasser les tranneks et disparaître avant que les créatures ne reviennent manger.

— Et qu'est-ce qu'on va utiliser comme appât ? demanda Kemmer qui suait comme un bœuf.

— De l'eau et de la nourriture. Avec un peu de bruit, ça devrait suffire.

— Espérons qu'on sera plus rapides qu'eux, dit Santis.

— C'est un risque à courir, répondit Dumarest. Comme je suis probablement celui qui a le plus besoin d'argent et le plus rapidement possible, moi je suis prêt à l'assumer, mais je comprendrai parfaitement si l'un d'entre vous refusait de le prendre. Carl ?

— Un séjour en prison m'a suffi. Je suis partant.

— Moi aussi, fit Hine, les yeux brillants. Un gros coup et je suis tiré d'affaire jusqu'à la fin de mes jours. Et mes enfants seront fiers de moi.

— Comment pourrais-je refuser ? fit Kemmer. Si je m'en sors, je jure de m'établir sur un monde doux et serein, avec beaucoup d'eau, et le plus loin possible de la moindre montagne ou du plus petit désert !

— Et le tunnel ? intervint Hine. Il va falloir en choisir un qui donne sur une zone de déjection.

— Ça, c'est votre boulot, dit Dumarest. Vous connaissez les sannaks mieux que nous. Mais assurez-vous que le tunnel soit solide, hein ? Maurice, occupez-vous de constituer des rations de secours. Carl, vous allez m'aider à bricoler des détonateurs. Il en faut quatre avec des retardements différents, ainsi que des charges explosives.

— Tout de suite ?

— Oui. (La rapidité d'exécution était essentielle pour minimiser le risque qu'ils soient découverts par les sannaks mais aussi pour empêcher ses compagnons de réfléchir aux chances de réussite de ce plan audacieux ; elles étaient minces.) On y va dès que c'est prêt.

Santis avait l'habitude d'attendre, même si ce n'était pas chose facile à supporter. Sur Clemantis, il avait attendu trois mois avant de participer à un combat aussi bref que décisif et qui l'avait expédié à l'hôpital. Pourtant jamais une attente ne lui parut si pénible.

Et puis, quelles chances de s'en tirer auraient-ils avec un seul lance-roquettes contre de tels reptiles s'ils se décidaient à attaquer ?

Plus bas, devant le mercenaire et coincé avec Hine dans une fissure, Dumarest était tout aussi tendu, comptant les secondes avant l'explosion des détonateurs.

Un grondement lointain annonça la première explosion, suivie par une chute de débris. Dans la caverne, les museaux se relevèrent, cherchant d'où venait l'odeur soudaine d'eau et de nourriture. Un deuxième ébranlement provoqua la ruée des sannaks dans les tunnels. Puis le sol vibra encore deux fois pendant que Dumarest comptait mentalement les secondes.

Le timing avait été calculé avec précision pour permettre aux sannaks de partir en faisant assez de bruit pour que le déplacement des quatre hommes passe inaperçu et pour que la diversion fasse le maximum d'effet.

— Maintenant ! jeta Hine en se mettant à courir. On y va !

Dumarest le suivit en maudissant l'impétuosité du guide, parti quelques secondes trop tôt. C'était peut-être sans importance mais leur vie pouvait en dépendre.

— Maurice ! Carl ! (Le silence n'était plus de mise en cet instant dramatique.) En position ! Vite !

Ils partirent instantanément. Santis portait l'arme et le marchand, tout comme Hine, un sac et une lampe. Ils avaient mission de chercher les tranneks pendant que le mercenaire et Dumarest surveillaient les environs. Une double action qui augmentait d'autant leurs chances de découvrir des déjections.

— Par ici ! (Hine ralentit, sa prudence habituelle reprenant le dessus.) On devrait trouver ce qu'on cherche dans cette galerie. Marchez régulièrement et ne touchez pas les parois.

Ne faire aucun bruit qui puisse provoquer l'effondrement de la voûte. Résister à la tentation de courir. Compter chaque pas, chaque seconde, pendant que le faisceau bleuté des lampes balayait le sol devant eux. Oublier les tonnes de sable qui pouvaient tomber sur eux et les monstres qui pouvaient débouler à tout moment ou les attendre plus loin dans le tunnel.

Hine ouvrait la marche, suivi par Dumarest, le fusil prêt à tirer tout en sachant à quel point il était inutile : même si le tir ne faisait pas s'effondrer le tunnel, les soubresauts de la bête blessée y suffiraient amplement. En fait, l'arme avait surtout une valeur psychologique.

— Ralentissez, dit Dumarest en voyant que le guide s'était presque remis à courir. Économisez votre souffle pour le retour. (Un conseil qu'il avait donné aux deux autres avant qu'ils ne se séparent : ils étaient plus âgés et iraient moins loin et moins vite.) On est dans les temps.

Une marge qui diminuait au fur et à mesure que s'étendait devant eux le sol vide du tunnel.

— Ça devrait être là ! haleta Hine. Oui, bon sang !

Il avait mis sa réputation en jeu sur une intuition et s'il s'était trompé, c'était sa fin. Il accéléra et courut en direction d'un coude du tunnel qui montait ensuite pour bientôt redescendre avant de remonter à nouveau. Et soudain une lumière bleue s'alluma sur le sol.

— Earl ! Ils sont là ! Là !

— Vite ! (Le temps passait et ils étaient allés trop loin.) Ramassez-les et filons !

— Une fortune ! (La poussière s'envola alors que les mains gantées de Hine plongeaient dans l'amoncellement de tranneks.) Earl, c'est une vraie fortune !

— Dépêchez-vous !

Mais Hine ne l'entendait plus. Il ne voyait plus que le tas de tranneks et la richesse qu'ils représentaient. Il les voulait tous. Tous ! Jamais pareille chance ne se représenterait.

— Zarl ! jeta Dumarest avec colère. Faites vite ! On a dépassé les délais !

Tirer l'homme loin du tas, c'était risquer une bagarre et des vibrations qui pourraient leur être fatales. Dumarest tira une fine tige métallique de sa ceinture, l'enfonça dans la paroi friable du tunnel, ouvrit son casque et inséra l'autre extrémité de la tige entre ses dents. Au travers des os de sa mâchoire, il put sentir alors les vibrations d'un grondement lointain qui se rapprochait !

— Je fiche le camp ! (Il prit le guide par l'épaule et l'obligea à s'écarter du tas de tranneks, tout en lui donnant un coup de canon contre le casque.) Je me tire, vous m'entendez ?

— Non, vous ne pouvez pas faire ça ! Il y en a d'autres qui...

— Ils sont bien où ils sont ! On en a assez. Et maintenant, dépêchez-vous de filer avant que je vous fasse exploser la tête, compris ? Allez !

Hine le fixa et vit la lueur mortelle qui habitait ses yeux. Il frissonna quand du sable se mit à tomber sur eux.

— Pardonnez-moi ! Je... Filons d'ici !

Les chutes de sable s'accentuèrent pendant qu'ils parcouraient à toute vitesse le tunnel en sens inverse. Et le bruit de leurs pas n'allait pas tarder à attirer les sannaks vers eux.

— Earl ! souffla Hine en titubant, la main posée sur le côté du ventre et cherchant sa respiration. J'ai une crampe ! Je ne peux plus...

— Allez ! s'écria Dumarest en empoignant le guide. Bougez-vous, bon dieu ! Bougez-vous !

La patience n'était plus de mise dans un moment pareil. Si Hine se laissait aller, il était mort. Devant eux se découpa enfin l'ouverture donnant sur la caverne baignée dans une douce lumière verte. Un cercle lumineux qui fut soudain brouillé par une chute de sable.

Dumarest vit alors l'énorme museau surgissant d'un côté du tunnel pas très loin devant eux. Il prit Hine par la taille et se lança dans une course désespérée en y mettant toutes les ressources de son corps. Il réussit à passer de justesse dans l'étroit espace séparant la créature de la paroi et sentit les écailles du sannak contre sa combinaison. Mais la bête était rapide. Elle se lança à leur poursuite au travers d'une pluie de sable. Elle rattrapa les deux hommes à l'entrée de la caverne et les envoya bouler au sol d'un coup de tête. A moitié sonné, Dumarest réussit à récupérer son fusil. Il se releva et tira. La balle traçante pénétra entre les écailles et il y eut le bruit d'une explosion sourde à l'intérieur du corps du reptile. La blessure qui s'ouvrit était assez grande pour y mettre la tête d'un homme mais modeste en comparaison des douze mètres de long du sannak.

Un nuage de poussière s'éleva alors autour

du monstre qui fonça vers son adversaire. Dumarest recula, tira à nouveau, provoquant d'autres blessures béantes, quand, tout à coup, à court de munitions, son arme ne répondit plus. Il eut le temps d'apercevoir la gueule ouverte du sannak à quelques centimètres de lui avant qu'elle n'explose dans un éclair de lumière aveuglant.

— Earl ! cria Santis. (Il se tenait, jambes écartées, prêt à tirer, tandis que Kemmer éclairait la créature blessée.) Baissez-vous ! Earl. Baissez-vous !

— Non ! répondit Dumarest en apercevant un autre sannak. Couvrez-moi !

Une chance à courir. Dumarest évita le sannak blessé et se précipita vers Hine, toujours allongé par terre.

— Zarl ? Vous pouvez marcher ?

— Je n'en sais rien. (Le guide se couvrit de sueur en essayant de se relever, son ventre le brûlait et chaque respiration lui arrachait une douleur fulgurante.) Non ! Mon Dieu, non !

Il poussa un hurlement quand Dumarest le chargea sur son épaule. Au travers de la visière de son casque, il entraperçut des images de cauchemar : des formes menaçantes, des coups de feu, des explosions. Et par-dessus tout cela, il y avait la douleur, une douleur atroce.

Les ténèbres s'abattirent sur son esprit comme une bénédiction du ciel et il s'affaissa, une main refermée telle une pince d'acier sur le sac bombé accroché à sa ceinture.

CHAPITRE X

Les Cinq avaient été généreux dans l'attribution du luxueux appartement mais la seule chose qui intéressait vraiment Tosya fut la perfection acoustique de la pièce principale, une perfection qui découlait d'une précision mathématique inhabituelle.

Elle conférait un ton plus grave à la voix fluette de Jen Tinyah.

— Êtes-vous satisfait de votre logement, Cyber Tosya ?

— Ça ira.

— Nous sommes heureux de faire de notre mieux pour les serviteurs du Cyclan. Je regrette que le vaisseau qui vous a amené chez nous ait dû repartir. Le capitaine... Ces gens-là se font trop de souci...

Une prudence de mise, sur Harge.

— Si vous construisiez une installation souterraine pour protéger les vaisseaux au cours des tempêtes, votre commerce augmenterait d'au moins mille deux cents pour cent. Ce qui, ajouté à une amélioration du tourisme local, donnerait un coup de fouet à votre économie et renforcerait la stabilité de votre société.

— La stabilité, dit Jen Tinyah en pinçant les lèvres. C'est de cela dont j'aimerais justement vous entretenir. Cela fait longtemps que ma Famille et moi-même, nous nous soucions de la stabilité sociale sur Harge. Si l'ordre des choses venait à être bouleversé, nous aimerions faire en sorte que notre fortune et notre influence n'en souffrent pas trop, vous comprenez ce que je veux dire ?

Trop bien. Si Tosya avait eu la possibilité d'apprécier l'humour, il aurait souri. Toujours les mêmes comportements, aussi prévisibles qu'inévitables : lorsque les fondations commençaient à s'effriter, chacun essayait de sauver ses meubles.

— Je garderai cela à l'esprit, monseigneur. Mais, pour que mon assistance soit véritablement efficace, je dois avoir accès à toutes les données locales. Vous êtes informatisés ?

— Pas totalement. Mais vous n'aurez qu'à utiliser le vidéophone. Je vais informer l'ensemble de nos services que toute demande que vous ferez le sera au nom des Cinq.

Un élément d'irritation et une preuve supplémentaire de l'inefficacité de la gestion de la ville. Tout cela découlait de la suspicion mutuelle existant entre les Familles et l'obsession du secret personnel. Même le plus simplet des acolytes du Cyclan aurait pu leur démontrer l'intérêt d'un système informatique centralisé, protégé et mis en place grâce à une main-d'œuvre bon marché, voire même gratuite.

Du travail sans contrepartie... Mais les Familles refusaient de le comprendre. Une erreur commune dans les sociétés capitalistes et encore plus dans celles qui pratiquaient l'usure à l'état sauvage. Les intérêts n'existaient en fait que sur le papier et pouvaient très bien être annulés sans pertes réelles. Et s'ils pouvaient être remplacés par du travail obligatoire, ce serait tout bénéfice.

Une fois seul, Tosya s'activa sur le vidéophone.

Un travail de routine réservé aux acolytes et le cyber regretta l'absence de ses assistants habituels. L'un était tombé malade et l'autre, nouvellement promu au rang de cyber, l'avait quitté pour prendre son poste, sur un monde de seconde zone. Il serait bientôt remplacé mais, pour l'instant, Tosya devait se débrouiller seul.

— Donnez-moi tous les détails concernant les trois derniers vaisseaux à s'être posés ici, demanda-t-il au visage qui apparut sur l'écran. Noms des capitaines, provenances et destinations.

Une vérification élémentaire qui serait suivie par d'autres. La ville était close, relativement petite, et il serait impossible à qui que ce soit de s'y cacher longtemps, surtout avec l'esprit perspicace d'un cyber à ses trousses.

C'était un problème plutôt simple à régler, bien en dessous de ses capacités, mais Tosya connaissait parfaitement l'importance de sa mission. Il l'avait compris lorsqu'il avait reçu l'ordre de faire dérouter le vaisseau sur lequel il voyageait vers Harge. Il était pratiquement impossible qu'il échoue.

Et pourtant, le spectre d'un échec existait toujours car rien n'était jamais sûr à cent pour cent. A cause du facteur inconnu. Ce genre de facteur que Dumarest semblait avoir la faculté d'attirer pour échapper aux mailles du filet. Trop d'agents et de cybers étaient morts en croyant triompher sur lui.

Non, mieux valait attendre, être certain.

Et pourtant, la tentation d'entrer en contact mental avec l'Intelligence Centrale pour l'informer que Dumarest était cette fois bel et bien pris au piège le tenaillait.

S'allonger sur son lit, protégé par un champ électronique contre toute intrusion extérieure. Se concentrer sur la formule Samatchazi pour déconnecter son esprit de son enveloppe corporelle jusqu'à ce que les éléments Homochon greffés dans son cerveau s'activent et établissent le contact avec le quartier général du Cyclan enfoui sous des kilomètres de rochers. Suivrait une brève période d'exaltation mentale qui durerait le temps que la machinerie corporelle se réaligne avec le cerveau. Un fantastique voyage dans les univers mentaux qui flottaient autour du cœur du Cyclan.

Un jour, lorsque son corps serait trop fatigué, il rejoindrait celui-ci. Son cerveau serait transplanté dans une cuve remplie de liquide nutritif et son esprit, devenu potentiellement immortel, se combinerait avec les milliers d'autres qui formaient déjà le complexe mental.

La récompense pour tout cyber qui avait su éviter les échecs.

***

Hine était mort. Il serrait toujours son sac et, derrière la visière de son casque, son visage était enflé, ses yeux fixes et sa bouche maculée de sang.

— Il était déjà presque mort quand vous l'avez ramassé, Earl, fit Santis. (Il dégagea le sac des doigts morts.) Vous, au moins, vous avez eu de la chance... Nous, on n'a rien trouvé. Un voyage pour des prunes.

Et ils n'étaient pas au bout de leur peine.

— Ces sales bêtes sont toujours après nous, grogna Kemmer, qui était appuyé contre la paroi. Elles ne nous lâcheront donc jamais ?

Elles les suivaient à la trace et se rapprochaient de plus en plus. Il avait encore dans les yeux la vision des museaux essayant de se glisser dans la faille par laquelle ils avaient réussi à se faufiler. Et il se souvenait aussi qu'il avait bien failli rester coincé dans un passage encore plus étroit que les autres. Dumarest l'en avait dégagé de justesse pendant que Santis tirait des rafales pour maintenir leurs poursuivants à distance.

Même maintenant, ils n'avaient aucun répit et dès qu'ils appuyaient leurs casques contre le rocher, ils pouvaient entendre le grondement de leurs poursuivants qui gagnaient du terrain.

— Earl...

— Attendez !

Dumarest se pencha sur le mort et tendit au marchand la ceinture et la lampe de Hine. La tente, la radio et le restant de leurs provisions avaient été cachés dans un croisement de tunnels secondaires.

— Carl, sondez-moi cette fissure, reprit Dumarest en montrant un point situé juste devant le marchand. Vous entendez quelque chose ?

— Oui... C'est tout proche.

Désormais, ils allaient devoir faire face à plusieurs fronts à la fois. Dumarest se coucha sur le ventre, collant son oreille contre le sol. Il entendit alors un bruit presque assourdissant.

— Debout ! lança-t-il en se remettant sur pied. Carl, vous prenez la tête. Suivez cette fissure et prenez le premier tunnel que vous trouverez sur la route. Il faut qu'on récupère la tente. Accompagnez-le, Maurice. Vite !

Kemmer hésita, fixant Dumarest debout à côté du cadavre.

— Vous ne pensez pas l'emmener avec nous, j'espère ?

— Non. Et maintenant, grouillez-vous !

Hine était mort mais il pouvait toujours donner un dernier coup de main aux vivants. Des odeurs diverses montèrent quand Dumarest ouvrit sa combinaison. De quoi attirer le sannak qui les traquait et ceux qui étaient dans les environs.

— Vite ! lança Dumarest, un instant plus tard, alors que plusieurs créatures écailleuses se battaient déjà au-dessus du corps du guide mort. Fichons le camp avant qu'ils nous repèrent !

Les sannaks reprendraient la poursuite mais pas avant d'avoir mangé et les trois hommes gagneraient un temps précieux. Un temps qu'ils utilisèrent à parcourir d'étroits tunnels, des fissures, jusqu'à ce qu'ils débouchent enfin dans une galerie nettement plus large. Ils y découvrirent avec soulagement les points de repère qu'ils y avaient laissés.

— Dieu merci ! soupira à haute voix Kemmer qui baignait dans sa sueur. J'ai bien cru qu'on était perdus, qu'on ne retrouverait jamais la tente ni la radio. Qu'on... (Il se tut, muet de stupeur devant le spectacle qu'il venait de découvrir avec Santis au détour d'un coude du tunnel.)

— Merde !

Ils avaient retrouvé leur cache mais un sannak les avait devancés. La tente était déchiquetée, les provisions envolées et les appareils réduits en miettes. Inutilisables.

Un trannek brilla par terre dans le faisceau de la lampe.

— Un prix de consolation, fit Kemmer avec amertume pendant que Dumarest le ramassait. Qu'est-ce qu'on va faire ?

— Monter, dit sèchement Dumarest. On va essayer de grimper en haut de la montagne.

— Et puis ? Comment va-t-on appeler une chaloupe sans radio ?

— On fera des signaux, jeta le mercenaire, qui avait l'air épuisé. De la fumée, de la lumière, n'importe quoi...

On pourrait se servir de ça. (Le marchand désignait sa lampe.) Peut-être que ça marcherait. Pourquoi pas ? On leur a déjà trouvé une utilisation efficace contre les sannaks... C'est curieux d'ailleurs, pourquoi Hine ne nous a pas prévenu qu'on pouvait les éblouir avec ça ? Que ça faisait briller leurs yeux, comme des tranneks ? Peut-être qu'il ne le savait pas... C'est pourtant une information capitale, qui pourrait nous rapporter de l'argent, non ? Qu'est-ce que vous en pensez ? (Il disait des sottises et il le savait.) Oui, évidemment, il faudrait d'abord trouver un moyen de retourner à l'air libre... (Manifestement il cherchait désespérément comment il pourrait couper court à son monologue.) Une idée, Earl ?

Finalement ils s'engagèrent d'abord dans une galerie escarpée qui semblait remonter vers l'extérieur ; puis ils empruntèrent un conduit tortueux, qu'ils abandonnèrent à son tour au profit d'une étroite corniche surplombant un abîme où résonnaient mille échos enchevêtrés. Dumarest releva la tête et sa lampe frontale découvrit une grosse fissure aux lèvres déchiquetées. Il prit son élan, sauta en l'air et réussit, au prix d'un effort violent, à s'y introduire. Puis il se retourna, se pencha et s'agrippa au poignet de Kemmer pendant que Santis faisait la courte échelle au marchand. Quelques secondes plus tard, le mercenaire grimpa à son tour et profita de l'arrêt pour avaler de la nourriture concentrée et des stimulants. Kemmer refusa de l'imiter.

— Comme vous voulez. (Dumarest jeta un regard vers le mercenaire resté près de l'ouverture de la fissure.) C'est bon, maintenant. Carl ?

— Oui.

— Pourriez-vous essayer de repasser devant moi ? (Si Kemmer glissait, Santis, dopé par ses stimulants, serait plus à même de bloquer sa chute.) Allez-y ! Voilà... Parfait.

La fissure s'étrécissait plus loin et, plus haut encore, les trois hommes butèrent sur une saillie rocheuse. Au-delà, le passage pouvait fort bien conduire à l'air libre mais il fallait passer cet obstacle. Heureusement Dumarest découvrit de petites fissures horizontales pouvant servir de prises.

— Tout va bien, Maurice, dit-il. On y va !

Immobile, tandis que Kemmer commençait péniblement à grimper, le casque raclant contre la pierre, il se mit à l'écoute. Et, malgré les bruits environnants, il crut percevoir un crissement sinistre et maintenant familier : celui de la roche broyée. Il tendit l'oreille et ce qu'il discerna lui confirma ses craintes, le glissement des écailles contre la pierre. Dumarest se retourna et scruta le vide derrière lui. Rien. Tout à coup, des taches vertes s'illuminèrent sur la corniche, en contrebas.

Un sannak. Petit mais qui se rapprochait.

— Earl ! (La terreur fit crier Kemmer.) Il faut monter ! Vite ! Vite !

C'est alors qu'une autre lueur verte apparut au-dessus d'eux, ainsi qu'un museau pointu. De la poussière tomba sur les trois hommes.

— On est pris en sandwich ! dit Dumarest. Il y en a un qui nous attend sur la corniche et l'autre sur la saillie. Il va falloir se débarrasser de celui du dessus.

— Laissez-moi faire. (Santis s'avança mais s'immobilisa rapidement.) Ça ne va pas. Je ne peux pas viser et m'assurer d'une prise en même temps. Soutenez-moi, Earl.

C'était la seule chance qu'ils avaient de s'en tirer. Il n'avaient plus qu'un fusil et quatre roquettes. Et la créature était protégée par une épaisseur de pierre.

— Visez la saillie elle-même, conseilla Dumarest en bloquant le corps du mercenaire. Essayez de casser le rocher et de les faire tomber ensemble, lui et cette créature. Faites-moi signe quand vous serez prêt.

Le mercenaire ouvrit le feu comme sur un stand de tir, espaçant chaque tir, expédiant chaque projectile juste à côté du point d'impact du précédent et ce, afin d'augmenter la ligne de fracture dans la pierre. Après la dernière balle, la pluie de poussière se transforma en chute de débris et de cailloux. Puis la masse entière de la saillie s'effondra, emportant avec elle la bête qui se trouvait dessus.

— Earl !

Pris dans les turbulences de l'éboulis, Santis se pencha en avant, laissa échapper son fusil et, dans les mouvements qu'il fit pour tenter de se redresser, ses bottes lâchèrent prise et il perdit l'équilibre.

— Carl !

Le cri de Kemmer avait éclaté juste à l'instant où Dumarest attrapait au vol le mercenaire par la ceinture. Santis heurta un rocher et Dumarest crut un instant qu'il allait lâcher prise à son tour, entraîné par le poids de l'homme qu'il soutenait à bout de bras.

— Carl, accrochez-vous à la paroi ! Vite ! Et vous, Maurice, ouvrez votre cantine et jetez-la !

Ils avaient eu un des sannaks mais le second était toujours à leurs trousses. Une menace qui s'évanouit lorsque la cantine tomba et répandit son contenu en bas du boyau et sur la corniche offrant un autre appât encore plus appétissant au sannak. Dumarest avala quelques stimulants pour combattre les effets de l'énorme effort qu'il venait de faire.

— Earl ? (Kemmer était inquiet.) Ça va ?

— Je m'en tirerai. Il faut que nous filions d'ici. A la prochaine attaque, on n'aura plus rien pour les arrêter. Maintenant, plus de pause tant qu'on n'a pas atteint l'air libre.

Il faisait nuit lorsqu'ils réussirent enfin à trouver une issue. L'air était imprégné du froid coupant du désert mais l'aube était proche et les étoiles commençaient à pâlir dans le ciel. Ils avaient émergé par une caverne s'ouvrant presque au pied d'une des montagnes et la crête de la chaîne découpait sa dentelure sur le fond du ciel loin au-dessus de leurs têtes. Une faible brise soufflait entre les sommets mais tout était calme dans le désert.

— On a gagné ! s'exclama Kemmer en ouvrant son casque et en inspirant profondément. Oui, mais on n'a plus de radio, ajouta-t-il d'un ton plaintif. Comment va-t-on appeler une chaloupe ?

— Il n'est pas question de le faire, dit Dumarest.

— Mais...

— Vous oubliez quelque chose, reprit Dumarest. Maintenant nous sommes riches et nous voulons le rester. Ceux qui viendraient éventuellement nous chercher pourraient bien avoir d'autres idées...

— Et nous tuer pour nous dévaliser, grimaça Santis.

— Mais alors, bon dieu, comment on va rentrer ? demanda Kemmer.

— C'est simple, répondit Dumarest. A pied.

***

— Ma chère Ellain, fit Dell Chuba, je suis désolé. Mais que voulez-vous que j'y fasse ?

Il pourrait au moins apprécier le repas, pensa-t-elle méchamment. Et y aller un peu moins fort sur le vin. Et puis il était inutile de l'inviter dans un restaurant aussi cher. Un tel endroit était fait pour les bonnes nouvelles, pas les mauvaises. Elle n'arrivait pourtant pas encore à croire qu'il ne plaisantait pas.

— Allons droit au but, Dell. Vous voulez dire que tous mes rendez-vous ont été annulés ? *Tous ?*

— Malheureusement, oui.

— Mais Navida Yagnik s'était fait un point d'honneur de me demander de chanter à sa réception. Florence Adhalesh m'a déjà versé une avance pour chanter à la fête de sa fille... Comment vais-je pouvoir la rembourser ? Et Matilda ? Et toutes les autres ? C'est incroyable ! Pourquoi, bon sang ? Pourquoi ?

— Un changement de mode. (Les yeux de Chuba étaient dépourvus de toute expression.) Et ne vous en faites pas pour les avances. Ce sont des choses qui arrivent...

Peut-être sur Harge, mais pas sur la plupart des mondes civilisés. Surtout ceux qui avaient des prétentions culturelles. Une classe sociale ne tournait pas le dos comme ça, d'un coup, à un artiste sans une bonne raison. A moins que...

— Dell, soyez honnête avec moi, implora-t-elle. C'est un complot, n'est-ce pas ? (Le mouvement des yeux de l'homme lui donna la réponse et elle sentit une colère subite monter en elle.) Qui est derrière tout ça ? Merde, j'ai le droit de le savoir, non ? Qui ?

— Je ne peux pas vous le dire.

— Dites plutôt que vous ne le voulez pas !

— Non, je ne peux pas. Je ne sais pas exactement qui c'est et une simple hypothèse pourrait avoir des répercussions désagréables. Disons qu'on m'a fortement conseillé d'agir ainsi et de vous le faire savoir. Encore un peu de vin ?

Elle lui répondit brutalement qu'il aille se faire voir. Avec une telle violence que Chuba réalisa tout à coup à quel point il avait sous-estimé sa partenaire. Elle était beaucoup plus dure et âpre qu'il ne l'avait d'abord cru.

— Vous êtes mon agent depuis que je suis arrivée et vous êtes payé pour ça.

— Et alors ?

— Et alors, vous me devez la vérité. Arrêtez de jouer avec moi, Dell. Qui m'en veut ?

— Vous êtes peut-être votre propre ennemi. (Son ton était glacial et elle se rendit compte qu'elle l'avait choqué.) Je vous remercie de m'avoir fait comprendre que notre association était uniquement professionnelle.

— Comment ça, était ? (Ellain se sentit subitement envahie par la panique en voyant qu'il ne répondait pas.) Que voulez-vous dire ? Vous ne voulez plus vous occuper de moi ? Dell, si je vous ai vexé, je vous prie de m'en excuser mais c'est pour ma vie que je me bats ! Aidez-moi, je vous en conjure ! (Elle le vit hésiter.) Écoutez, ne me donnez pas de nom mais buvez un peu de vin si j'ai raison. C'est Yunus, n'est-ce pas ?

Elle le regarda quitter la table sans se préoccuper des regards des autres clients, songeant uniquement à la gorgée qu'il avait bue avant de se lever. C'était donc ça. La vengeance d'un amant jaloux. Et qui était le propriétaire de sa dette... Allait-il aussi la jeter hors de son appartement ?

Cette pensée la fit quitter immédiatement le restaurant et sauter dans un des petits taxis qui parcouraient la ville.

Elle savait combien Yunus pouvait être mauvais mais jusqu'où pourrait-il aller ? Avait-il payé Dell Chuba pour l'inviter et l'éliminer de sa route ? Et dire qu'elle s'était excusée auprès de lui ! Si jamais sa carrière repartait, elle le lui ferait payer ! Et Yunus ! Elle trouverait bien un moyen de lui faire ravaler son arrogance possessive !

Elle descendit du taxi et le conducteur lui rappela sans ménagement qu'elle devait le payer. Avant même d'arriver à la porte de son appartement, elle sut ce qui l'attendait.

— Ellain, ma chérie ! (Yunus avait adopté un ton mielleux.) Je regrette de ne pas t'avoir prévenue de ma visite mais je ne suis pas complètement coupable. Tu connais le Capitaine Hannon, de la Garde ? Tu as dû voir certains de ses hommes en service dehors. Non ? Capitaine, je vous présente Ellain Kiran. Vous avez sûrement entendu parler d'elle...

L'officier s'inclina.

— Un incident désolant, madame, mais qui devrait être vite résolu si vous voulez bien nous apporter votre collaboration. (Il vit son expression de stupéfaction.) Mais... Je suis désolé. Je ne savais pas que vous n'étiez pas au courant. Il se trouve que...

— Je vais lui expliquer, Capitaine, le coupa Yunus en se tournant vers Ellain, un sourire aux lèvres. C'est une affaire de vol. On a proposé des bijoux à un joaillier qui les a achetés en toute bonne foi. Plus tard, il s'est rendu compte que c'est moi qui les lui avait achetés auparavant et a averti la Garde. Le capitaine Hannon enquête donc sur une possibilité de cambriolage dans le secteur. Peut-être avec l'aide d'un complice, ajouta-t-il sèchement.

— On a immédiatement soupçonné la femme de chambre mais son innocence a pu être établie. Tout ce qui nous reste à faire, maintenant...

— C'est de retourner chez vous ou à votre bureau, le coupa Ellain. Il n'y a eu aucun vol. Ces bijoux m'appartenaient et je les ai donnés à un ami.

— Pour qu'il s'en débarrasse ? Je comprends. (Le capitaine hocha la tête et fit la moue.) La transaction a-t-elle eu des témoins ? Non ? Dommage. Peut-on interroger la personne en question ? Je ne mets pas votre parole en doute, bien entendu, mais c'est une question de routine. Je suis sûr que vous comprenez...

— Le capitaine veut dire qu'il arrive très souvent qu'une femme mente pour protéger son amant, dit Yunus. Mais je ne pense pas qu'il faille insister là-dessus sur le moment.

— C'est surtout une question d'identification, reprit Hannon. J'aimerais avoir la liste des objets que vous avez donnés à votre ami.

— Nous verrons ça plus tard, Capitaine, jeta Yunus avant qu'Ellain ait eu le temps de répondre. Si j'ai encore besoin de vous, je vous ferai signe.

Il appartenait aux Cinq. Aussi, sans insister, Hannon s'inclina et partit.

— Un chien obéissant, fit Ellain dès que la porte se fut refermée.

— Mais un chien avec des crocs, lui rappela Yunus. Si je l'avais voulu, il te mettait en prison.

— Et pour quelle raison ? Parce que j'avais donné ce qui m'appartenait ?

— Certains objets ont disparu de cet appartement qui, tu dois l'admettre, est toujours à moi.

Il les avait volés lui-même mais comment pouvait-elle prouver son innocence ?

— Briser ma carrière ne te suffisait-il donc pas ? dit-elle avec tristesse. Que veux-tu encore de moi, Yunus ? Ma dette ne te suffit-elle pas ?

— Ta dette ! Merci, ma chérie de m'y faire penser. Ça fait deux mois que tu n'as pas payé tes intérêts et tu connais la loi, n'est-ce pas ?

— Alors, vends-la !

— A qui ? Un jeune crétin comme Chole Khalil serait capable de t'en débarrasser ! (Son visage s'assombrit.) C'est ce que tu voudrais, hein ? Eh bien, non, sale putain ! Tu as voulu faire la traînée et tu vas payer ! Dumarest ! Une saloperie sans le sou sortie de l'arène !

— Peut-être, mais c'est un homme, lui, un vrai ! se rebella-t-elle. Pas un dégénéré comme toi ! Tu es incapable de te battre ! Allez, cogne-moi, si tu veux, cria-t-elle. C'est tout ce que tu sais faire pour prouver que tu es un homme ! Tu aurais accepté de risquer ta vie pour moi ? Tu serais parti chasser pour me prouver ton amour ?

— Chasser ? (Il rabaissa la main et sourit.) C'était donc ça... Tu as donné les bijoux à Dumarest pour qu'il s'achète un équipement ! Et il est dehors par un temps pareil ? Tu vas bientôt pouvoir chanter un hymne funèbre, ma chérie...

De l'autre côté de la fenêtre, le ciel s'était assombri et le désert disparaissait sous un nuage de sable rageur.

CHAPITRE XI

Dumarest avait remarqué la lueur verte et cuivrée, presque rouge, dont s'était coloré l'horizon. Un signe avant-coureur de la tempête. Un spectacle superbe qui annonçait la mort.

— Qu'est-ce que c'est ? haleta Kemmer.

— Des problèmes. (Santis avait lui aussi reconnu les signes.) Une tempête se prépare. On aura de la chance si elle n'éclate pas...

Dumarest en doutait. Il ne leur restait plus à espérer qu'elle ne se déchaîne pas trop vite. Il se retourna et scruta les montagnes maintenant loin derrière eux.

— Une tempête, marmonna Kemmer. On avait bien besoin de ça ! Sans nourriture, sans eau et avec trois jours de marche dans les jambes... Je suis vanné !

Effectivement, comme ses deux compagnons, il avait l'air harassé. Les trois hommes avaient quitté immédiatement la montagne car Dumarest savait bien qu'il ne fallait pas que leurs muscles se refroidissent. Depuis, ils vivaient grâce à l'énergie factice que leur procuraient les drogues et divers anabolisants qu'ils ingurgitaient pour tenir le coup. Mais ils n'avaient pas osé enlever leurs combinaisons pour se frictionner le corps de pommades protectrices qui auraient empêché la formation d'escarres provoquées par le frottement du tissu rugueux sur certaines zones fragiles de l'épiderme.

— On va y arriver, dit Dumarest. Il faut continuer.

Continuer en mettant lourdement un pied devant l'autre, au travers d'un désert infini. En ignorant les brûlures, la faim et la soif dévorantes. En évitant de penser qu'un sannak pouvait tout à coup surgir près d'eux et qu'ils avaient toutes chances de se perdre...

— Quand on arrivera en ville, je vais me plonger dans la plus gigantesque baignoire d'eau fraîche de ma vie, fit Kemmer. Et j'avalerai des litres de boissons glacées ! Jusqu'à en crever. Et après ça, je dormirai pendant un mois. Ensuite, je serai peut-être enfin en état de manger... Et vous, Santis, qu'allez-vous faire ? demanda-t-il une centaine de mètres plus loin.

— Pratiquement la même chose. Et vous, Earl ?

— Je ne peux pas penser à quelque chose de mieux, dit Dumarest en levant la tête pour observer le ciel.

Le ciel s'était encore assombri. D'où que vienne la tempête, elle serait aussi terrible...

— Vous avez vu quelque chose ? (Kemmer avait remarqué le mouvement de tête de Dumarest.) Une chaloupe ?

— Non.

— Vous en êtes sûr ? (Sa voix était pleine de regrets.) Ce serait notre salut.

Ils avaient d'ailleurs repéré bien d'autres véhicules depuis le début de leur périple. Qui cherchaient apparemment quelqu'un. Mais, pour des raisons qu'il avait tenues secrètes, Dumarest s'en était caché.

— Earl ? (Santis ralentit pour que Dumarest arrive à sa hauteur.) Comment on va s'en tirer ?

— De la tempête ?

— Oui. On va s'encorder pour rester ensemble ? S'enterrer et attendre que ça passe ?

— Les deux, si possible, mais le mieux serait d'atteindre la ville avant qu'elle n'explose.

— Et alors, que se passera-t-il ? (Il toucha le sac accroché à sa ceinture et qui contenait sa part.) Si l'orage éclate, on perdra tout. Pas moyen de dissimuler un trannek à temps dans nos combinaisons. Ni même d'en avaler un.

— Je sais, répondit Dumarest en étudiant à nouveau le ciel. Mais j'ai une idée...

— C'est bien ce que je pensais, fit sèchement le mercenaire. Sinon pourquoi nous avoir obligés à marcher et à nous enterrer dans le sable pour ne pas se faire repérer par les chaloupes ? Mais il y a certains détails que je ne comprends toujours pas.

— Comme quoi ?

— Les affaires de Marta ne pouvaient pas suffire à payer notre équipement. Il a bien fallu que vous voliez quelqu'un ou quelque chose...

— Ça vous embêterait ?

— Bien sûr que non, Earl ! Je m'inquiète surtout de ce qui pourrait nous attendre en ville. Si vous avez commis un vol et que les gardes ont votre signalement... Mais après tout, on pourrait tout mettre sur le dos de Zarl : il est mort et la licence était à son nom.

— Rassurez-vous, je n'ai rien volé. Simplement, je refuse de me faire plumer à notre arrivée. On en a trop bavé pour ça. Souvenez-vous de ce qu'a dit Zarl : les cinq premiers tranneks plus la moitié du reste dans la poche des Cinq...

Il scruta une fois de plus le ciel pendant que le mercenaire, rassuré, reprenait péniblement la tête. Un coup de vent passa soudain sur eux. Une petite brise comparée à ce qui se préparait mais assez forte pour râper le tissu épais des combinaisons.

— Courez ! (Dumarest se mit à foncer.) Courez, bon dieu !

Il pouvait maintenant voir au loin les lumières de la ville, les sommets arrondis de ses tours et la voûte du complexe d'habitations principal. On aurait dit une ruche couleur sable dont les contours auraient été gommés de temps à autre par les éclairs de fatigue qui traversaient son corps.

— Vite ! La tempête va bientôt éclater !

Dumarest ralentit pour attendre les autres puis continua à courir à leurs côtés tout en les encordant. Les hurlements du vent ne couvraient pas encore les halètements de leurs poumons, le raclement affreux de leurs respirations sur leurs bouches grandes ouvertes. Les deux hommes étaient au bord de l'épuisement total mais s'ils ralentissaient, ils étaient morts.

— Continuez à courir ! Bougez-vous bande de feignants !

La voix de Dumarest fouetta leurs énergies faiblissantes. Santis y répondit par une réaction instinctive issue de son entraînement. Kemmer, lui, réagit, sans doute emporté par une saine colère ou, plus simplement, par peur de mourir. En tout cas, galvanisés, les deux hommes puisèrent dans leurs dernières forces et trouvèrent de quoi faire le dernier effort dont Dumarest les savait capables. Celui qui allait les pousser jusqu'à la ville.

Les contours de la cité se brouillèrent à nouveau, s'évanouirent derrière un nuage, réapparurent l'espace d'un court instant puis disparurent au moment où la tempête éclata et où le monde se transforma en un cauchemar tonitruant.

Ils furent immédiatement aveuglés, la visière de leur casque obscurcie en un instant par d'innombrables impacts de sable et Dumarest ne comprit que trop bien ce qui risquait de leur arriver si leur combinaison ne résistait pas à cet assaut furieux : à la moindre déchirure, elles seraient réduites en lambeaux et leur chair déchiquetée par un flot de minuscules balles de pierre.

— Couchez-vous !(Il cria mais les hurlements

du vent couvraient sa voix ; il remonta le long de la corde, finit par trouver un autre casque, y cogna le sien et cria à nouveau :) Couchez-vous ! A terre !

Il se laissa tomber et sentit les autres l'imiter. Puis il se mit à creuser à pleines mains. Ses compagnons firent de même pendant que le sable s'amoncelait contre eux, leur offrant ainsi une maigre protection.

Dumarest fouilla autour de lui et finit par tomber sur un casque contre lequel il appuya le sien.

— Carl ? cria-t-il.

— C'est vous, Earl ?

— Oui. Il faut rester groupés. Allez chercher Kemmer. Sinon nous risquons de nous perdre définitivement !

Lorsque la tempête atteignit sa pleine puissance, le vent, rendu presque solide par la poussière qu'il transportait, se transforma en une force brutale face à laquelle il devint impossible de faire le moindre mouvement.

— Il faut atteindre la ville, hurla Dumarest lorsque le casque de Kemmer vint rejoindre les leurs. On va ramper !

— Pendant combien de temps ? demanda Kemmer. Ça peut durer des jours et on sera morts de soif avant.

— Vous pourrez retrouver la ville là-dedans ? demanda Santis, l'esprit plus pratique.

— Je le crois. C'est une masse importante et, aux alentours, il y a probablement des tourbillons. Ils nous guideront. De toute façon, on n'a pas le choix. Ou on la trouve, ou on y reste. Et on la trouvera, ajouta-t-il. Elle n'est pas loin.

Au cœur de la tempête, tout ce qui n'était pas à portée de main était loin. Dumarest prit la tête de la colonne, s'efforçant de faire des mouvements réguliers et de maintenir ses deux compagnons en ligne. Tout en rampant, il essayait de mesurer la distance parcourue. Si ses calculs n'étaient pas trop faux, Dumarest pensait qu'ils atteindraient les limites de la ville avant que le sable n'ait réduit en lambeaux leur conbinaison. De même, ils ne devraient pas tarder à sentir une modification dans la direction du vent provoquée par la proximité de la masse de la ville et des tourbillons qui les guideraient à l'abri, dans la zone sous le vent de la cité. Mais, s'il s'était trompé, ils ramperaient jusqu'à la fin de leur brève existence.

Un coup de vent vicieux envoya rouler Dumarest sur le côté. Une sensation de chaleur aiguë lui traversa la cuisse : le tissu de la combinaison commençait à s'user...

Dumarest reprit sa progression. La plus petite erreur pourrait leur être fatale. Ils pouvaient passer à quelques mètres à peine du mur de la ville sans le savoir.

La brûlure suivante lui marqua le dos, à l'endroit précis où les écailles du sannak avaient râpé sa combinaison. Dumarest se tourna face au vent, tâtonna son casque et découvrit que deux des trois couches de protection de sa visière s'étaient volatilisées. Si la troisième subissait le même sort, il serait obligé d'ouvrir son casque pour voir.

Dumarest se tourna à nouveau pour protéger son casque et se remit à ramper en se collant le plus possible au sable. Un coup de vent le gifla de face, suivi bientôt par une autre attaque, mais latérale cette fois. Un conflit de forces qui créa instantanément un tourbillon, une cheminée ceinturant une zone de calme relatif.

— Debout ! cria Dumarest en se relevant et en tirant sur la corde. (La cheminée pouvait disparaître à tout moment mais il voulait tirer le maximum de ce phénomène bizarre.) Debout ! Courez, bon dieu !

Devant eux, se dressait au travers des nuages de sable la forme indécise de la cité. Ils l'avaient atteinte et la tempête était en train, à nouveau, de se refermer sur eux.

— Earl ! Je n'y vois plus rien ! (Santis porta les mains à son casque.) La visière est bousillée !

— Alors, servez-vous de vos mains. Maurice, essayez de trouver un orifice d'aération. Il faut bien que cette fichue ville respire, nom d'un chien !

Et évacue dans l'atmosphère ses vapeurs nocives. Et si les conduits étaient fermés durant la tempête, on pouvait peut-être les ouvrir de force... Mais où chercher ?

Les rafales s'atténuèrent un peu lorsqu'ils entrèrent dans la zone sous le vent de la cité. Ils furent subitement la proie de bourrasques et de tourbillons dont la violence les empêchait de voir quoi que ce soit.

— Hé ! cria Kemmer en arrivant près d'une excroissance cylindrique. C'est ça que vous cherchez ?

Dumarest le rejoignit, suivi par Santis. La visière du mercenaire était totalement opaque et il avançait, les bras tendus devant lui. Les trois hommes tâtonnèrent et finirent par découvrir la forme d'un volet. Dumarest se pencha, déchira le tissu de sa jambe droite. Érodé par le sable, le tissu se fendit comme du papier ; il découvrit sa botte et le couteau qui y était passé. A l'aide de sa lame, Dumarest fit rapidement sauter la fermeture Le volet s'ouvrit, découpant un orifice circulaire traversé de fines entretoises.

— A l'intérieur ! dit Dumarest en guidant le mercenaire. Accrochez-vous aux entretoises et descendez. A vous, maintenant ! (Kemmer obéit et Dumarest le suivit, se retournant pour refermer le volet à double tour.) Allez, descendez ! Vite !

Loin du bruit et de la furie de la tempête, ils arrivèrent sur une sorte de corniche, assez large pour qu'ils puissent s'y arrêter pour enlever leurs combinaisons, pour qu'ils puissent enfin se détendre en sachant que, par miracle, ils s'en étaient tirés...

*
**

Le bijoutier prit son temps, examinant les objets avec un soin exagéré.

— Bon sang, qu'est-ce que vous attendez ? jeta Ellain. Si vous connaissez votre boulot, vous savez ce qu'ils valent, non ? Combien vous m'en donnez ? (Elle fronça les sourcils en entendant la réponse.) Si peu ?

— Si vous me les vendez, je vous en donnerai plus. Mais pour une mise en gage... (Il haussa les épaules : il avait tant vu de jeunes et belles femmes faire la même chose...) Vous acceptez ? Bon. A quel nom ? (Il s'arrêta, fronça les sourcils.) Yunus Ambalo ? Vous êtes sûr ?

— Je mets ces objets en gage à son nom.

— Et quel est le vôtre ? (Il sourit en l'entendant.) Ellain Kiran la chanteuse ? Madame, permettez-moi de vous remercier pour le plaisir que vous nous avez procuré. Je vous ai entendue à la réunion donnée par la Guilde. Ce devait être peu après votre arrivée. Un événement dont on se souviendra, croyez-moi.

Le compliment la réconforta et elle trouva qu'il effaçait un peu de l'aspect sordide de la transaction. Mettre des objets appartenant à Yunus au clou était un acte mesquin... Mais que faire d'autre dans sa situation ? Et puis, ce n'était pas un vol. Rien de plus qu'un simple prêt : les objets étaient en sécurité et pouvaient être rachetés. Ce ne serait qu'une question d'argent et si la chance était avec elle, Yunus n'en saurait jamais rien.

Un espoir qui s'évanouit lorsqu'elle tomba sur lui au coin de la rue.

— J'espère que tu as fait une bonne affaire, sourit-il. (Il lui prit les tickets et l'argent.) Pourquoi n'as-tu pas vendu tes propres bijoux ?

Elle l'avait déjà fait et il le savait. Tout comme il savait qu'elle avait déjà dépensé l'argent qu'elle avait gagné. Mais pourquoi la laissait-il encore vivre dans l'appartement ?

Elle lut la réponse dans ses yeux : le jeu du chat et de la souris. Comment pouvait-il la haïr autant ?

— Écoute, Yunus, soit tu appelles la Garde, soit tu me laisses partir. J'ai beaucoup de choses à faire.

— La Garde ? (Il haussa les épaules.) Tu as mis ces objets au clou à mon nom… Je vois que tu apprends vite, mais il faudra aussi que tu apprennes que je suis ton maître, Ellain, et que mes désirs devront être les tiens. A ce prix-là, notre vie pourrait devenir… passionnante.

Et il n'aurait plus à dissimuler son véritable visage, sa nature trouble, perverse et dégénérée. Elle deviendrait un méprisable jouet des Cinq. Yunus la voulait pour distraire ses amis.

— Mais en voilà assez, dit-il. Nous allons faire un petit déplacement. J'ai une affaire à régler et je suis sûr que tu la trouveras intéressante. (Il se détourna pour héler un taxi.) A la Bourse, ordonna-t-il au conducteur.

— Non, Yunus !

— Non ? (Son visage prit une expression sardonique.) Préfères-tu que j'appelle la

Garde ? A y repenser, il me semble que je ne t'avais pas donné l'autorisation de mettre ces bijoux en gage, non ? Ce qui veut dire que tu pourrais être accusée de vol. Et maintenant, ma chérie, on va à la Bourse, oui ou non ?

C'était un lieu où les affaires avaient un goût de sang, de désespoir et de vies brisées. Ils pénétrèrent dans une grande salle voûtée au sol noir et ocre et dont les murs étaient décorés de dessins abstraits. De longs bancs en occupaient une bonne partie alors qu'une estrade s'élevait en face d'eux, à l'autre bout de la salle.

Certains acheteurs firent un signe de tête à Yunus pendant que les autres, trop occupés, ne le virent même pas passer. Les mots, les phrases voletaient autour d'eux comme les miasmes d'un marécage.

— ... pour vingt, sa dette initiale était de cinq mais elle a augmenté. Par la faute du débiteur : il a eu une main écrasée accidentellement. Maintenant, il est guéri. C'est un bon travailleur sur lequel on peut compter. Et jeune, avec ça. Je peux descendre jusqu'à dix-neuf.

Et moins encore. Une autre voix, cette fois tendue et désespérée.

— Au nom du Ciel, monsieur, je n'ai emprunté que deux mille krens ! J'ai déjà remboursé dix fois cette somme et vous dites que j'en dois encore autant ? Je fais de mon mieux mais, bon sang comment...

Tout cela devant des hommes qui considéraient la vie humaine comme des billets de banque.

— ... sur le papier, il doit vingt-deux mille krens, mais il faut être réaliste et je le laisse à sept cent cinquante. Un bon investissement. Votre argent sera remboursé en quelques mois et après ce sera tout bénéfice pour vous.

A moins que l'homme ne meure au bout de quelques semaines, ce qui risquait fortement d'arriver...

Ellain détourna la tête de dégoût, consciente de la peur qui hérissait sa peau. C'était ici que les dettes étaient achetées et revendues et qu'on pouvait voir jusqu'où menait le système. Un débiteur était un homme libre et ne pouvait en principe être ni battu ni torturé. Mais il y avait d'autres moyens de le persuader de payer.

Elle regarda tous ceux qui étaient conduits sur l'estrade ; les faibles, les obstinés et les fainéants. Ceux qui avaient tenté de se battre contre le système en empruntant pour jouer et qui avaient perdu. Ceux qui en étaient devenus les victimes sans que ce soit leur faute.

Le tribunal s'installa et les formalités commencèrent.

— Numéro 49, ronronna un gardien. Refus de remplir ses obligations. Refus de travailler. A déjà reçu plusieurs avertissements. Aucun certificat d'inaptitude physique.

— Qu'avez-vous à dire pour votre défense ? demanda le président du tribunal.

— J'étais malade de l'estomac. (Le numéro 49 avait une voix rébarbative.) Le traitement coûtait cher et j'ai dû m'en passer. Et on voulait me faire travailler près d'un réacteur dans le Terrier. Comme je savais ce qui m'y attendait, j'ai refusé. Mais je paierai... Je le jure !

— Si vous ne remplissez pas vos obligations le mois prochain, vous encourrez une peine d'éviction si votre créancier porte plainte. La prochaine fois que vous passerez devant ce tribunal, ce sera l'éviction sans jugement. Au suivant !

Et ainsi de suite...

Ellain se demandait pourquoi ils étaient tous aussi soumis, si humbles. Qu'avaient-ils à perdre ?

Qu'avait-elle, elle, à perdre ?

— Regarde-les, ma chérie, murmura Yunus à côté d'elle d'une voix marquée par une inquiétante allégresse. Souviens-toi que si je voulais, tu pourrais te retrouver parmi eux. Intérêts non payés, accusation de vol, aucune perspective de revenus... Ai-je besoin d'en dire plus ?

L'affirmation de sa position sociale par rapport à la sienne. Elle était aussi piégée que tous ceux qui passaient sur l'estrade. Piégée sous une montagne de dettes, empêchée de travailler, incapable de payer.

Et personne ne voudrait le faire pour elle. Yunus appartenait aux Cinq et qui prendrait le risque de lui déplaire ? Qui, de sa classe sociale, voudrait s'opposer à lui ?

— La tempête... murmura-t-il à nouveau. Ça

fait longtemps qu'elle souffle. Qui aurait pu y survivre ? Pauvre Dumarest. (Sa voix se durcit, devint plus terrible.) Il a déjà sans doute payé durement pour son plaisir... Espèce de catin !

CHAPITRE XII

Devant eux, un petit animal couina, courut et alla se tapir dans un recoin en les fixant. Un rongeur adapté à l'environnement et prêt à se défendre si on l'attaquait. Dumarest l'ignora. Il fallait s'attendre à rencontrer ce genre de vermine dans les détritus produits par les villes. Sur Harge, ils étaient collectés dans le Terrier, un complexe agencement de cavernes artificielles installées sur plusieurs niveaux. Et qui abritait de véritables lacs nés des égouts.

C'était un monde humide, puant. Un labyrinthe rempli d'échos.

— J'ai l'impression qu'on nous suit, fit Santis. Une embuscade ?

Dumarest avait entendu, lui aussi. Il s'arrêta, écouta, scruta les ténèbres. Non loin de lui, une masse de champignons brillait d'une luminescence verdâtre et lépreuse. D'autres luisaient plus avant dans la galerie, formant des taches irrégulières sur les murs et au plafond.

— Des gardes ? souffla Kemmer. Une patrouille ?

— Non.

— Mais...

— J'ai juste entendu un glissement de pieds sur le sol humide, le coupa Santis. Or aucun garde ne patrouillerait tout seul et ce n'était pas un bruit de bottes. Doucement... Écoutez !

Depuis qu'ils avaient échappé à l'horreur de la tempête, ils avaient marché longtemps et réussi jusque-là à éviter les gardes et les ouvriers. Ils s'étaient reposés puis avaient parcouru la zone la plus basse de la ville, pour se rendre compte qu'ils étaient perdus.

Dumarest regarda une tache de champignons luminescents derrière lui et la vit s'éteindre brièvement comme si quelque chose était passé devant. Ce n'était pas une illusion d'optique due à la fatigue. Il était convaincu que quelqu'un ou quelque chose les suivait.

— Restez ici avec Maurice, souffla-t-il à Santis. Faites comme si vous me parliez. Je vais aller voir ce qui se passe là-bas...

Il rebroussa chemin en silence, telle une ombre s'arrêtant de temps à autre pour faire corps avec le silence. Les murmures de ses compagnons s'affaiblirent derrière lui et, devant, il sentit se dessiner une présence vivante.

Dumarest se figea lorsqu'il vit à nouveau une ombre passer devant un groupe de champignons. Un garde ? Difficile à croire. Si c'était le cas, l'homme pourrait leur servir de guide mais, s'ils étaient fouillés, leurs tranneks seraient immanquablement confisqués comme marchandise de contrebande et ils se retrouveraient en prison. Et si, comme il le craignait, un cyber l'attendait, cela voulait dire se jeter directement dans ses bras...

Dumarest discerna à nouveau un clignotement dans les ténèbres, plus proche, cette fois. Comme si l'individu en question avait décidé de rejoindre au plus vite le groupe d'hommes en train de bavarder. Dumarest s'immobilisa, le laissa passer et reprit sa filature en prenant soin de ramper sous les taches lumineuses pour ne pas se faire repérer. Puis il se mit à courir sur la pointe des pieds, les bras tendus et emprisonna brusquement la silhouette.

— Ne bougez pas ! (Son poignard s'était posé contre la gorge tel un avertissement silencieux.) Ne bougez pas. On ne vous fera pas de mal. Je veux juste voir à quoi vous ressemblez...

Il sentit sous sa main une rotondité familière. Lorsqu'il recula pour bénéficier de la lueur d'une masse de champignons, il entendit Santis pousser un sifflement.

— Ça alors ! Une fille !

Elle était presque nue avec son bout de tissu qui lui passait sur une épaule et qui était serré à la ceinture, lui couvrant guère plus que les seins et les reins. Elle avait de longs cheveux noirs brillants. Elle était pieds nus. Elle tenait un morceau de pierre dans une main et avait relevé l'autre dans un geste de défense. Elle devait avoir dans les douze ans.

— Ne me touchez pas, monsieur !

— Je ne le ferai pas, dit Dumarest en rabaissant son couteau. Qui es-tu ? Tu nous suivais ? ajouta-t-il en voyant qu'elle ne répondait pas.

— Oui.

— Pourquoi ?

— Vous allez me faire du mal ? (Elle baissa son arme primitive en voyant Dumarest secouer la tête.) C'était par curiosité. Vous êtes perdus, hein ? Ça se voit. Vous n'avez pas mangé depuis plusieurs jours, j'en suis sûre. Vous avez faim ? Vous voulez un bon bol de ragoût ? Et un bon lit pour vous reposer ?

— Et puis ?

— Et puis quoi ? (Elle regarda Dumarest avec une innocence enfantine.) On m'appelle Ania. Et vous ? (Elle hocha la tête en entendant la réponse.) Earl. J'aime ce nom. Vous voulez venir avec moi, Earl ?

— Et mes amis ?

— Ils peuvent venir eux aussi. Ce n'est pas loin. Mais il faut qu'on se dépêche. Ce coin est malsain. On sera plus en sécurité dans les galeries basses. Ils ne nous attrapent jamais, là-bas. Allez, Earl, dépêchons-nous !

— C'est peut-être un piège, fit Santis quand elle prit la main de Dumarest.

— Un piège ? s'étonna Kemmer. C'est juste une gosse.

— Assez grande pour trimbaler un couteau et pour s'en servir, répondit le mercenaire. J'en ai déjà rencontré, dans son genre : des appâts pour attirer des idiots dans un traquenard. Si ça se trouve, ses copains nous attendent plus loin.

— Il y a quelqu'un, devant? demanda Dumarest à la fille.

— Vous voulez manger, ou pas? (Elle semblait s'impatienter.) Si oui, on ne peut pas rester là. Ou vous venez, ou vous me laissez partir.

Dumarest l'attrapa par le poignet et le petit groupe s'ébranla. Elle les conduisit dans un étroit couloir puis dans une galerie voûtée résonnant de coups et de murmures lointains. Un phénomène acoustique collectant les sons distants pour les amplifier. Dumarest tendit l'oreille et reconnut un bruit de machine et de ventilateurs recouvrant des grattements et des raclements.

— Ça vient du réacteur, expliqua la fille. Écoutez! (Elle s'arrêta puis repartit.) Vous l'entendez?

— Quoi?

— Ça. (Elle imita le bruit : une série de grognements, un sifflement, puis une autre série de grognements.) Le champ d'épandage du niveau 23. Faites attention, maintenant!

Une crevasse s'ouvrit sous leurs pieds. Elle la sauta, attendit que les trois hommes la suivent puis se dirigea vers un endroit encore plus sombre. Lorsque les murs se refermèrent sur eux, Dumarest relâcha le bras de la fille et tira son couteau.

— Vous n'en aurez pas besoin, Earl, dit-elle.

— J'espère que non.

— Personne ne vous fera de mal ici.

— Non, dit-il sèchement, mais ça ne veut pas dire qu'on essaiera pas. Tire-toi !

— Que je vous quitte ? Mais...

— Allez ! grogna Dumarest. File !

Elle resta immobile un instant, les yeux agrandis et brillants dans l'obscurité, puis eut un hoquet et détala.

— Earl...

— Suivons-la !

Dumarest courut sans bruit dans le couloir qui venait d'avaler la fille. Si elle les conduisait dans un piège, son arrivée solitaire créerait un moment de consternation ce qui leur permettrait de faire irruption en bénéficiant de l'effet de surprise. Mais ces précautions furent inutiles.

Le couloir débouchait dans une chambre souterraine éclairée par les champignons, où se tenait un homme seul. Sa main était posée sur l'épaule de la fille. Il portait des vêtements sombres parcourus de taches encore plus sombres. Un camouflage grossier mais efficace. Il était armé d'une lance à lame barbelée et d'un poignard d'acier brillant.

— Bienvenue, étrangers, dit-il. Ne craignez rien. Je m'appelle Lowbar.

A ses côtés, la fille souriait.

L'homme avait le comportement furtif de quelqu'un qui a l'habitude de vivre dans la peur. Chacun de ses mouvements était imprégné d'une tension parfaitement visible. Il conduisit ses hôtes dans une autre caverne grossièrement aménagée. Ils pourraient s'y coucher et, surtout, ils y trouvèrent à manger.

Un ragoût contenant des bouts de viande non identifiés, des légumes, le tout aussi épais que de la vase. Des rats, se dit Dumarest. Accompagnés de champignons, d'algues, de résidus provenant des cuves des champs d'épandage et de tout ce qu'on pouvait trouver dans les environs. Dumarest vida son bol et le tendit à nouveau. C'était comestible et il avait trop faim pour faire le difficile.

— Vous êtes arrivés au bon moment, dit Lowbar. (Ils n'étaient plus que tous les deux : la fille était retournée à ses occupations et Kemmer et Santis dormaient déjà.) Un ouvrier n'a pas fait gaffe et a mal refermé une des valves. La vase a attiré les rongeurs. Vous voyez ce que je veux dire...

— C'est votre fille ? demanda Dumarest après avoir jeté un os rongé.

— Ania ? Non. Enfin si, par adoption. Sa mère s'est sauvée quand elle était toute petite. Je l'ai trouvée errant, presque morte de faim et de maladie. Elle a fini par mourir mais la gosse a survécu et elle est restée avec nous depuis.

— Nous ? Vous n'êtes pas tout seul ?

— On est nombreux. Mais vous le savez déjà, n'est-ce pas ?

— Votre feu est trop gros pour deux personnes. Tout comme cette taverne. Et il y a trop de paillasses et de bols. Vous êtes combien ? Une douzaine ?

Lowbar acquiesça. Et mentit. Ils devaient être facilement deux fois plus nombreux mais Dumarest sentait qu'il valait mieux ne pas insister. Un invité devait toujours se plier aux caprices de son hôte.

— Ania est une de nos meilleures pisteuses. Ça faisait longtemps qu'elle vous suivait. C'est seulement quand elle m'a affirmé que vous étiez clairs que je lui ai dit de vous convier ici. Bien sûr, elle aurait pu se tromper...

— Tout est possible, reconnut Dumarest. Mais nous ne sommes pas armés. Et nous n'avons pas de radio. Et nous avons tout fait pour éviter les gardes.

— C'est vrai, admit Lowbar. Les faits parlent en votre faveur. Apparemment, vous étiez perdus.

— Et nous le sommes toujours, ajouta Dumarest.

— Ça arrive souvent. Quand on est en cavale, on se trompe souvent. Et les gens dans ce cas ont une certaine tendance à se mettre du côté de ceux qui les aident.

— Comme vous, par exemple ? (Lowbar ne répondit rien.) On vous a aidés quand vous en aviez besoin ?

— Je n'en ai jamais eu besoin. Je m'en suis toujours tiré tout seul. (Il tendit un bol d'alcool à Dumarest puis s'en servit un.) C'est arrivé il y a vingt ans. Une dette que je ne pouvais plus rembourser. On m'a envoyé travailler aux réacteurs. C'était soi-disant ma dernière chance avant l'éviction.

— Et alors ?

— Je me suis tiré après avoir appris ce que je pouvais des autres ouvriers et fait quelques provisions. J'ai eu de la chance. D'autres n'en ont pas eu autant. Comme la mère d'Ania, par exemple. Elle a été prise en chasse par des gardes qui voulaient s'amuser un peu. Elle a été touchée à deux reprises avant de pouvoir leur échapper. C'est comme ça qu'on vous traite lorsque vous êtes un Fugitif. Pour eux, vous n'êtes plus un être humain...

— Ils chassent au laser ?

— Non. Ils sont interdits ici. Si on arrivait à se procurer des armes pareilles, les gardes ne pourraient plus nous coincer. Les chasseurs utilisent des arbalètes et des lances. Vous en avez vu une quand vous êtes arrivé. La mère d'Ania avait été touchée aux reins et aux poumons. Elle est morte dans mes bras. Je n'ai jamais su son nom. (Il se tut et Dumarest resta silencieux.) Et vous ? demanda-t-il alors.

— On est en fuite, répondit Dumarest. Et on a visiblement foncé tête baissée dans les problèmes... Pouvez-vous nous guider vers les niveaux supérieurs ?

— Vous voulez retourner là-bas ? (Lowbar fronça les sourcils.) Vous êtes sûr ?

— Oui.

— Mais j'avais cru que vous vouliez vous joindre à nous.

— On a fui dans le désert à cause de nos dettes, expliqua Dumarest. Et on s'est retrouvés pris dans une tempête. On s'est débrouillés ensuite pour retourner dans la ville par un puits de ventilation... Une astuce qui pourrait servir à d'autres. (Il s'efforçait de dire la vérité : Lowbar avait trop d'hommes dans les parages pour prendre le risque d'un mensonge trop grossier.) On a tourné en rond jusqu'à ce qu'Ania se manifeste.

— Une tempête ? fit Lowbar d'une voix incrédule. Mais, mon vieux, personne ne peut survivre dans une tempête !

— On l'a fait et d'autres le feront. On a eu de la chance et un peu d'aide. On a battu le système à notre manière. Un peu comme vous.

— Quelle aide ?

— De l'aide. (Dumarest préféra qu'il croie qu'ils avaient des alliés puissants.) Mais on a beaucoup de points communs. Avez-vous attendu d'être jeté dehors ? Avez-vous baissé les bras ? Seriez-vous assis ici si vous l'aviez fait ? Vous avez survécu comme nous et c'est une bonne raison pour s'entraider. On a besoin d'un guide pour les niveaux supérieurs. Et vous ? De quoi avez-vous besoin ? De lasers ?

— Si on en avait, on pourrait enfin se foutre des gardes, dit Lowbar en mordant à l'hameçon avec excitation. De tous les salopards qui descendent pour nous chasser comme si on était de la vermine. De tous les ouvriers qui nous détestent parce qu'ils n'ont pas assez de couilles pour nous rejoindre. Vous pouvez me procurer des lasers ?

— Je ferai de mon mieux. (Dumarest regarda l'autre droit dans les yeux : cela ne servirait à rien de promettre plus et puis, de toute façon, il n'avait rien promis de précis.) Vous nous aiderez ?

— Pour les lasers, combien pouvez-vous en avoir ?

— Ça dépend du prix. Je ferai ce que je peux, je vous le promets, mais ne m'en demandez pas trop. Quand pourrez-vous nous montrer le chemin ?

— Demain, répondit Lowbar au bout d'un instant. Quand vous vous serez reposés. Oui, je vous trouverai un guide pour demain.

*
**

La tempête s'était calmée et, depuis deux jours, des chaloupes exploraient sans succès le désert et les Collines de Goulten.

— C'est sans espoir, répéta Yunus Ambalo au cyber. Personne ne peut avoir survécu à cette tempête.

— Y compris dans les Collines de Goulten ?

— Elles ont été explorées par des chaloupes avant et après la tempête. Sans résultat. Rien. Si un groupe s'y était abrité, il aurait été obligé de quitter les lieux dès la fin de la tempête.

— Obligé ? Pourquoi ça ?

— Pas d'eau, expliqua Yunus d'une voix fatiguée. Et rien à manger.

— Un homme en bonne condition physique peut vivre jusqu'à un mois sans manger, lui rappela le cyber. Et Dumarest a l'habitude de voyager en Bas.

— C'est possible, mais on a besoin de beaucoup de force pour survivre dans le désert. Et le problème de l'eau ?

— Ils en avaient avec eux.

— L'expédition de secours a retrouvé les débris de leur tente ainsi que leur radio et leurs provisions. Ils étaient sûrement à l'intérieur des montagnes. Ils ont dû être dévorés par un sannak ou ils se sont perdus dans un tunnel. Et si celui-ci s'est écroulé... (Yunus se tut avec un haussement d'épaules : pour lui, cette affaire était claire comme de l'eau de roche et il ne comprenait pas pourquoi Tosya insistait autant.) Personne n'a pu survivre à cette tempête, répéta-t-il. Ils doivent être tous morts.

Tosya ferma les yeux et ressentit un sentiment proche du désespoir. Il avait échoué et il allait devoir payer pour cet échec...

Quand avait-il donc pu se tromper ?

Si Dumarest était resté dans la ville, il aurait été fait prisonnier sans problème. Même maintenant, il n'y avait pas de preuve formelle qu'il ait quitté les limites de la cité. Mais on ne la faisait pas au cyber : l'expédition de chasse qui n'avait pas suivi la procédure habituelle avait dû le compter parmi ses membres même si la licence avait été déposée au nom d'un résident. De tous les passagers qui avaient été débarqués par l'*Urusha,* deux étaient sous contrôle, une était morte et les trois autres, dont Dumarest, s'étaient évanouis. Et où donc, sinon dans le désert ?

— Cyber Tosya. (Yunus faisait un effort

pour contrôler son énervement.) Le vaisseau qui s'est posé ce matin va repartir avant la nuit. Si vous voulez voyager dessus, je vous conseille de ne plus perdre de temps...

Assez de temps pour que Tosya repasse les événements récents dans son esprit. Dumarest. Maintenant à la fois si près et si loin. Mort, perdu sous une couche de sable. Perdue aussi, et peut-être pour mille ans, l'information contenue dans son esprit...

Par sa faute à lui.

Mais était-ce la réalité ? Dumarest avait très bien pu quitter la ville avant son arrivée... L'Intelligence Centrale prendrait-elle ce fait en compte ? Le plus fautif était certainement le capitaine Frome, qui n'avait pas rempli correctement sa mission ou, plus probablement, celui à qui il avait transmis ses ordres. Donc, à quoi bon rester ?

Tosya calcula une nouvelle fois les probabilités et retomba sur la même conclusion sinistre : Dumarest était mort au cœur de la tempête. Il n'était pas rentré en ville, les gardes étaient formels là-dessus. Il était vraiment mort.

— Le vaisseau, Tosya, dit Yunus. Si vous voulez le prendre, il vous faut partir tout de suite.

Pour faire son rapport. Pour être affecté jusqu'à la fin de ses jours à des affaires subalternes. Cela dit, s'il avait échoué, il était inutile que cela se sache.

Yunus cligna des yeux en sentant le gaz. Un instant plus tard, il avait déjà oublié l'incident.

Mais il était déjà un homme mort. En quelques heures, le parasite contenu dans le gaz se serait développé dans son cerveau et y aurait causé assez de dégâts pour le tuer aussi sûrement qu'une balle.

Et la curiosité qu'aurait pu provoquer chez lui l'intérêt du Cyclan pour Dumarest mourrait avec lui…

CHAPITRE XIII

Le guide était un homme jeune et taciturne.

— Pourquoi ne pas nous avoir laissé la fille ? demanda Santis avec un froncement de sourcils. Je n'aime pas ça, Earl. Et ce type ne m'inspire pas confiance.

Dumarest éprouvait le même sentiment. Ça faisait deux fois qu'ils repassaient devant la même tache de champignons lumineux et il trouva que la plaisanterie avait assez duré.

— Ça va, j'en ai assez, dit-il au guide. On se débrouillera tout seuls.

— Mais vous allez vous perdre !

— Peut-être, mais on ne tournera plus en rond. (Dumarest fixa l'homme avec un regard dur.) Tu crois qu'on ne s'est aperçus de rien ? Qui t'a demandé de faire ça ? Lowbar ? Il n'a pas confiance en nous ou quoi ?

— Vous avez menti. Personne ne peut survivre à une tempête !

— Alors, vous croyez tous qu'on est des espions ? (C'était une réaction sensée.) Et donc, on t'a demandé de nous piéger, c'est ça ?

(Dumarest empoigna l'homme par le col et posa la pointe de son poignard contre sa trachée.) Maintenant, tu vas m'écouter. Ou tu nous guides correctement ou tu ne guideras plus jamais personne. Et si tes copains nous attendent... (La pression soudaine de la lame compléta silencieusement sa phrase.) Allez !

Le guide frissonna et obéit, il les conduisit jusqu'à une rampe étroite, puis au travers d'une fissure, le long d'une corniche ceinturant l'intérieur d'un conduit de ventilation rempli d'odeurs nauséabondes et, enfin, au travers d'un labyrinthe de couloirs tous semblables. Dumarest resserra sa prise.

— Pas d'idioties, hein ? avertit-il le guide. Sinon, tu seras le premier à partir, compris ?

— Rien ne... On les a dépassés. Tout ce que vous avez à faire, c'est d'aller droit jusqu'au prochain croisement puis de... (Il hoqueta en entendant un bruit devant eux.) Les gardes ! Laissez-moi partir ! Les gardes !

— Non, fit Kemmer. Ce ne sont pas des gardes. Ils n'ont pas d'uniformes. Des ouvriers, à mon avis.

Ils surgirent d'un passage étroit juste au moment où le guide réussit à se libérer et à s'enfuir. Ils étaient vêtus de combinaisons épaisses et avaient des longues matraques et des lanternes à la main. Leur chef s'arrêta en découvrant les trois hommes.

— Bon dieu, qui êtes-vous ?

— Trois imbéciles qui se sont perdus. (Dumarest écarta les mains avec l'air de quelqu'un que la rencontre soulageait.) On avait un guide mais il a filé en vous entendant.

— Un guide ?

— Un jeune gars qui s'était proposé de nous conduire. Ça fait des heures qu'on tourne et j'ai l'impression qu'il ne connaissait pas le chemin aussi bien qu'il le disait.

— Et il s'est enfui ? Dans quelle direction ? (Le visage dur du chef se fit plus mauvais.) Harry ! Sheel ! Prenez des hommes et poursuivez-le ! (Il se renfrogna en les voyant partir.) Ils ne trouveront rien mais ça vaut toujours le coup d'essayer. Ça fait réfléchir la vermine, à défaut d'autre chose. Vous avez eu du pot. Il vous aurait sûrement conduits dans un piège si on ne s'était pas rencontrés. Vous auriez été tués, dépouillés et bouffés.

— Mangés ?

— Absolument. (L'homme jeta un regard à Kemmer qui avait l'air de vouloir vomir.) C'est déjà arrivé et c'est pourquoi on ne se déplace qu'en groupe. Vous avez dit que vous étiez perdus, c'est ça ?

— Oui, répondit Dumarest en haussant les épaules. On est descendus avec un groupe mais on s'est perdus de vue.

— Vous êtes descendus pour chasser des Fugitifs ? (L'homme au visage de pierre semblait croire qu'il tenait la bonne réponse.) Ils rôdent et volent tout ce qui leur tombe sous la main, tuent tous ceux qui ne sont pas assez fort pour leur résister et détruisent tout ce qu'ils ne savent pas utiliser. De la sale vermine ! (Sa main se referma sur sa matraque.) Des ordures !

— Visiblement, vous ne les aimez pas, remarqua Kemmer.

— Je les hais. Je n'ai jamais emprunté de ma vie et je n'ai jamais rien eu à moi. Je travaille dur et je vis avec mes moyens. Si un type est trop faible pour contrôler ses envies, qu'il ne vienne pas chialer après. On n'oblige personne à emprunter et tout le monde connaît les taux. Tout le monde sait ce qui arrive quand on ne peut pas payer. Moi, je vous le dis, plus vite on sera débarrassé de ces parasites, mieux ça vaudra !

— Se débarrasser d'eux ? fit Dumarest. Comment y arriver, à votre avis ? Les Cinq devraient le savoir, non ?

— Vous appartenez aux Cinq ? (L'homme fronça les sourcils, l'air soudain soupçonneux.) Je croyais que vous faisiez partie d'un groupe de chasse ?

— C'est vrai. Envoyé par les Cinq. Yunus Ambalo, Jhol Barrocca, Elmay Tinyah... Mais vous savez qu'ils sont aussi concernés par le problème que vous. Vous avez l'air d'avoir des idées et j'aimerais parler de vous dans mon rapport. Si un programme est mis sur pied, nous aurons besoin d'un type costaud pour s'en occuper. Seriez-vous intéressé par ce poste ? Bien entendu, vous seriez largement rétribué. (Dumarest sourit en voyant l'homme hocher la tête.) Bien. Peut-on vous joindre quelque part ? Cela dit, j'aimerais avertir les autres que nous sommes en sécurité. Ça fera bien rigoler Yunus mais les autres prennent plus au sérieux les problèmes auxquels vous devez faire face. Vous dites qu'ils auraient pu nous manger ?

Dumarest continua à parler avec l'homme pour l'empêcher de réfléchir pendant qu'ils faisaient route vers l'installation.

***

— Du café, Earl ? fit Alejandro Jwani. Ou du vin ? De la tisane ? A moins que vous ne préfériez quelque chose de plus fort ? Après tout, nous avons quelque chose à célébrer !

— Du café.

— Vous savez, Earl, continua Jwani en s'affairant sur la table, je n'arrive pas encore à croire que vous vous en êtes tiré. Le puits de ventilation, bien sûr... Une fois qu'on est au courant, ça semble évident. J'aurais dû deviner quand ce technicien a fait son rapport...

— Quel rapport ?

— A moi seulement. Un rapport de routine concernant un problème avec la fermeture du puits 62. Le technicien en question me devait une petite faveur et est venu me voir avant de faire son rapport au cyber. (Jwani but une gorgée.) Je suppose que j'aurais dû lui faire part de l'information mais ça m'est sorti de l'esprit. Et puis Tosya est parti et c'était trop tard.

Dumarest regarda sa tasse et vit une sorte d'arc-en-ciel se dessiner sur la crème. Il but pour calmer son agitation interne. Comme il l'avait deviné, un cyber était venu. Mais pourquoi était-il reparti ?

— La raison de sa visite reste toujours très mystérieuse, dit Jwani, qui semblait presque lire dans les pensées de Dumarest. Il a rencontré des gens des Cinq et leur a fait des promesses. Mais le seul qui l'ait vraiment fréquenté était Yunus Ambalo. Qui est mort depuis d'une infection cérébrale foudroyante. Au début, on a pensé à un meurtre et Ellain Kiran a été interrogée avant d'être relaxée. Pour ma part, je crois que le cyber cherchait quelqu'un et qu'il a fini par repartir quand il est devenu évident qu'il ne le trouverait pas. (Il but et eut un froncement de sourcils.) Le café ne vous plaît pas, Earl ?

— Il est délicieux. Pourrais-je en avoir encore un peu ?

Pendant que Jwani le resservait, il fit le tour de la pièce, regardant les cartes et les machines dont les roulements étaient si coûteux. Et pourtant, c'étaient eux qui lui avaient, dans un sens, sauvé la vie.

En brisant la toile de sable dans laquelle il avait été piégé.

Et qu'est-ce que Jwani savait, au juste ?

Dumarest l'étudia alors qu'il s'installait à table. Apparemment un dilettante, mais ce n'était qu'une façade. Tout comme ses allégations d'amnésie quand il était soûl. Son atelier l'avait trahi car comment expliquer qu'un homme aussi faible puisse construire des mécanismes aussi délicats ? De plus, il avait caché des informations au cyber. Si Tosya en avait eu connaissance, il se serait douté de ce qui s'était passé. Le Terrier aurait été bouclé, passé au peigne fin et Dumarest aurait été pris. Ce simple indice aurait fourni au cyber l'information dont il avait besoin.

Et Jwani l'avait gardée pour lui. Pourquoi ? Il avait voyagé et avait mentionné le nom de la Terre. Simple hasard ou astuce pour étudier les réactions de Dumarest ? Était-il, malgré ses dénégations, en relation avec le Peuple Originel ? Et ses travaux sur les machines à basse énergie étaient-ils destinés à permettre la survie de colonies isolées ?

De simples hypothèses. De toute façon, ce qu'il avait fait pour lui suffisait amplement.

— Alejandro Jwani, dit Dumarest, je vous remercie.

— Moi de même, Earl. (Jwani leva sa tasse pour porter un toast mais son regard disait qu'il avait compris ce que sous-entendait Dumarest.) Vous avez gagné une fortune sur laquelle je vais toucher ma part. La plus grande moisson de tranneks jamais réalisée. Il va falloir que je fasse attention pour les revendre mais ce n'est qu'un détail. Ils sont maintenant dans la ville et rien ne ressemble plus à une pierre qu'une autre...

— Et l'argent ? s'enquit Dumarest.

— Je vais vous le donner. Vous n'avez pas besoin d'attendre. J'ai fait comme vous me l'avez demandé : j'ai versé une part à la famille de Hine et j'ai racheté la dette d'Ellain Kiran aux héritiers de Yunus... Earl, elle leur devait une sacrée somme...

— Elle nous a fourni de l'argent et elle l'a bien gagné. (Tout comme Jwani.) Autre chose : a-t-on trouvé un avis de paiement récent provenant d'un hôpital dans les papiers de Yunus ?

— Oui. Vous vous y attendiez ?

— Je pensais qu'on le trouverait. (Dumarest termina son café.) Ellain sait-elle qu'elle est libre ?

— On l'a prévenue, Earl. Il fallait qu'elle signe l'acquittement de sa dette. Et elle vous attend, ajouta Jwani avec un sourire.

***

Dumarest entendit la chanson au moment où il approchait de la porte : une mélodie légère d'une gaieté sans ombre. Elle s'éteignit lorsqu'il pressa la sonnette. La porte s'ouvrit et Ellain fut face à lui.

— Earl ! Quand Alejandro m'a dit... Earl !

Il sentit l'impact de son corps contre le sien, la pression de ses bras, sa chaleur, ses lèvres gourmandes. Un instant au cours duquel le temps s'arrêta et où l'univers entier se résuma à l'endroit où ils se tenaient. Un instant qui contenait à lui seul toute la joie, tout le bonheur du monde.

— Mon chéri ! (Elle recula pour le laisser entrer dans l'appartement, referma la porte et fit une pirouette sur le tapis, comme une gamine.) Earl, mon chéri ! Mon amour !

Elle avait pris un bain et s'était parfumée, accomplissant ainsi un rite vieux comme le monde. Dumarest l'avait sauvée. Cela aurait dû suffire mais, comme toutes les femmes, la curiosité l'habitait.

— Earl, comment as-tu fait pour t'en tirer ?

— La chance.

— La chance ?

Elle se détourna, marcha jusqu'à la fenêtre et fit remonter le volet. La nuit était tombée. Le paysage était d'une beauté sauvage, avec ses longues lignes de dunes courant au travers du désert pour adopter de nouvelles configurations, le tout couvert d'argent par la lumière des étoiles. Un vent soufflait, annonçant la prochaine tempête qui éclaterait avant l'aube.

— Il faut autre chose que de la chance pour survivre à une tempête, Earl.

Il sentit qu'elle prenait mal ce qu'elle croyait être une répugnance à la mettre dans la confidence. Mais que pouvait-il dire de plus ? C'était pourtant bien la chance qui l'avait sauvé et de la tempête et du piège tendu par le Cyclan. Le tout était de savoir combien de temps serait-elle encore à ses côtés.

— Earl ?

— On m'a aidé, dit-il. Sans ça je me serais perdu.

C'était la vérité, mais pas comme le croyait Ellain.

— Le guide, fit-elle. Ce pauvre type... Et tes amis, que vont-ils faire maintenant, mon chéri ?

— Kemmer va peut-être rester. C'est un

marchand et, avec de l'argent, il trouvera sûrement un moyen d'utiliser le système à son avantage. Santis restera un moment avec lui... En fait, les deux ont bien besoin d'un traitement médical. Le mercenaire encore plus que Kemmer : il est allé au-delà de ses limites.

— Et toi, Earl ?

— Je suis là, Ellain. Avec toi.

C'était la réponse qu'elle attendait et elle sourit de plaisir en traversant la pièce pour leur servir du vin.

— Tu te rappelles quand tu es venu la première fois, mon chéri ? A quel point tu étais soupçonneux ? Tu pensais vraiment que j'étais capable de t'empoisonner ?

— De telles choses arrivent. Yunus aurait dû le savoir, ajouta-t-il sèchement.

— Tu crois que c'est moi qui l'ai tué ?

— Non.

— Au début, c'est ce qu'ils ont cru, à la Garde. J'aurais bien voulu le faire mais je n'en ai pas eu le courage. J'étais avec lui quand c'est arrivé. C'était horrible. Il s'est mis soudain à grogner et il est tombé. Il était déjà mort quand j'ai essayé de le relever.

Tué par le cyber parce qu'il avait échoué... Dumarest en était sûr, Yunus avait payé l'hôpital et il était facile de deviner pourquoi. Il devait agir suivant des ordres relayés par Frome, ou par quelqu'un d'autre, mais il s'était montré négligent. Obsédé par Ellain, il n'avait pas été à la hauteur de sa mission et, ainsi que pour d'autres raisons, il en avait été relevé...

A nouveau la chance... S'il avait fait son travail correctement et si Tosya était arrivé avant l'*Urusha*... De petits détails capables d'altérer le cours de toute une vie.

— Earl ? (Ellain s'était méprise sur son air songeur.) Tu es jaloux ?

— De Yunus ? Devrais-je l'être ?

— Ce serait agréable que tu le sois...

— Ce serait agréable de pouvoir renaître en sachant tout ce que nous savons déjà et en pouvant éviter toutes nos erreurs passées. Comment pourrais-je être jaloux de choses qui se sont produites avant notre rencontre ?

— Et celles qui se sont passées depuis ? (Elle soutint son regard.) Tu m'en veux ?

— D'avoir fait ce que tu as fait ? (Il eut un haussement d'épaules agacé.) Le passé est mort et seul le présent compte.

— Et l'avenir ?

— On verra. Et il n'y aura peut-être pas d'avenir du tout. On ne peut être sûr que du présent.

Le fait qu'il était libre, sain et sauf et en mesure de voyager comme il le voulait. Le fait qu'il était vivant. Qu'il était avec une femme aux cheveux à la gloire écarlate et aux yeux d'émeraude. Une femme qui avait une voix angélique et un corps né pour la passion. Et son cortège de peurs intimes.

— Un vaisseau devrait se poser après la tempête, murmura Ellain. Dans un jour ou deux. Et quand il partira...

— Je serai à son bord.

— Et moi ?

Elle aussi, peut-être. Pour voyager avec lui, pour l'aimer, pour le désirer avec autant de force que lui la désirait en cet instant. Mais pas pour trop longtemps. Un passage, peut-être deux, et l'art d'Ellain finirait par reprendre le dessus, tout comme sa quête le ferait immanquablement pour lui. Et ils se sépareraient. Elle partirait vers d'autres scènes et lui vers d'autres mondes, poursuivant sans cesse les indices menant à sa planète natale. Mais, pour l'instant, ils étaient ensemble.

Et pour l'instant, cela leur suffisait amplement.

Achevé d'imprimer en octobre 1989
sur les presses de l'Imprimerie Bussière
à Saint-Amand (Cher)

— N° d'imprimeur : 9707. —
Dépôt légal : novembre 1989.

Imprimé en France